『虚構の彷徨』の口絵より

青年時代の太宰治

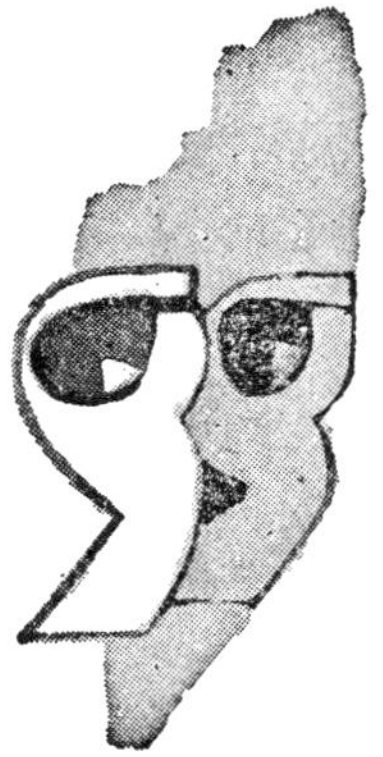

太宰 治

●人と作品●

福田清人
板垣　信

CenturyBooks　清水書院

原文引用の際，漢字については，
できるだけ当用漢字を使用した。

序

青春の日に、伝記を読むことは、その精神の豊かな形成に大いに役立つことである。それは史上、いろいろな業績を残した人物の伝記についてすべてにいえることであるが、苦難をのりこえて、美や真実を求めて生きた、文学者の生涯の伝記は、ことに感動をよびおこすものがあり、その作品の理解のためにも、どうしても知っておきたいことである。

たまたま私は清水書院より、近代作家の伝記及びその作品を解説する「人と作品」叢書の企画・監修について相談を受けたので、立教大学大学院に席をおきながら近代文学を専攻している諸君を推薦することにした。

この叢書第一期十巻中のこの「太宰治」の執筆者、板垣信君は、立教大学の大学院博士課程で、昭和文学を中心に研究中の新進の研究者で、すでにいくつかの業績を発表している。現在は立教女学院短大の助教授で近代文学を講じている。

第一編に、津軽の豪家の子として生まれ、その家の重圧を感じつつ成長した太宰が、昭和初期の思想運動の渦中にあがきつつ、そこから離脱して文学へ進みながら、それについての苦悩、さらに生きる不安を、極めて独自のスタイルで、華麗にして才気あふるる作品に結実させ、やがて戦時期につづいてその後敗戦期にその才華をさらに開かせたものの、ついに自らを死に追いやるまでの遍歴の生涯をよくまとめている。

そして作品編において、その処女出版の「晩年」から、その生涯と文学の総決算というべき「人間失格」までの間の代表作をとりあげながら、その成立過程、当時の作者の生活、その内容を述べ、これによく手のとどいた鑑賞と批判を加えている。

太宰が梅雨時の武蔵野を流れる上水に身を投げたニュースは、生前の彼を知る一人としても、大きなショックをうけたことは、つい先頃のことのように思ったが、やがて三十年になんなんとする。

その忌日は桜桃忌として、年々その墓地のある三鷹の禅林寺で追悼の集まりが行なわれている。彼の文学を追慕する若い人々で会場もあふれるほどだと聞いている。

昭和の暗い谷間の時代に、身をもって生きつつ、その時代の苦悩をさらに人間の根本にまで掘りさげて哀切な作品を書き残したものが、若い心をとらえるためにちがいない。おそらく昭和文学の一時期を象徴する文学として、その文学は長く青い燐光のように燃えつづけるのであろう。

そうした彼の生涯や文学の理解の鍵に、この本は大きく役立つものと信じている。

福田清人

目次

第一編　太宰治の生涯

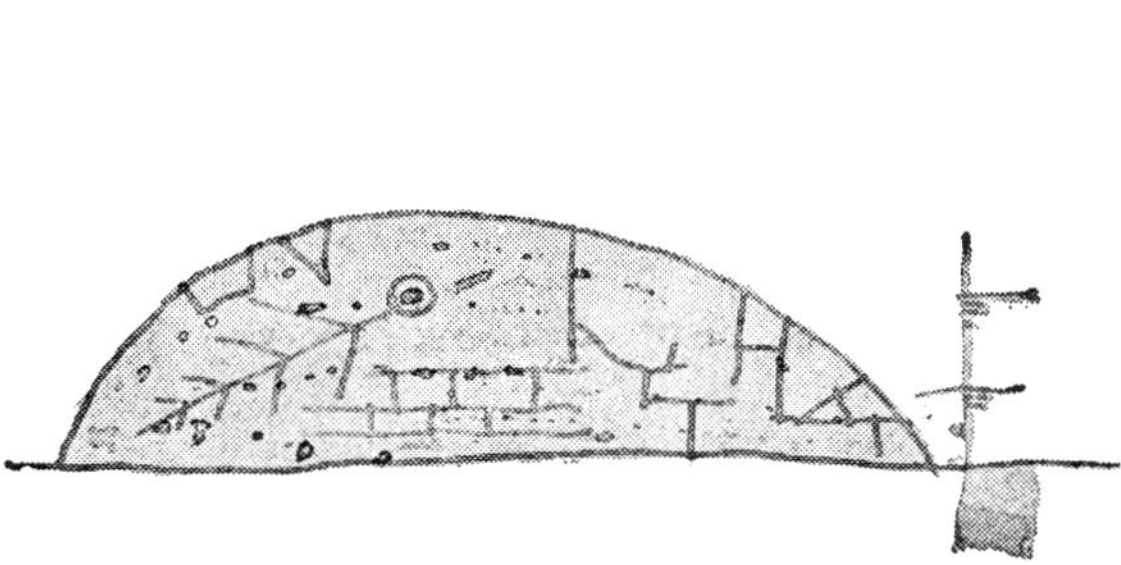

――生れて、すみません。

生の不安と苦悩とを大胆にえがき、その絢爛《けんらん》たる才能をうたわれた、作家太宰治の生涯を、これほど象徴的に語った言葉はない。

地主の子

故郷津軽　津軽は雪とりんごの国である。太宰治は作品『津軽』の冒頭に、

「津軽の雪――こな雪、つぶ雪、わた雪、みづ雪、かた雪、ざらめ雪、こほり雪」

と書きつけている。降りしきる雪の下、うす暗い家の中にとじこめられ、長い冬をすごさなければならない津軽の人々は、雪を眺め、雪に親しみながら、春を待つ。津軽の春は短い。秀麗な津軽富士―岩木山の頂に残る雪が溶けきってしまわないころ、津軽にさわやかな初夏がおとずれる。

太宰治―本名津島修治《しゅうじ》は、明治四十二年六月十九日、青森県北津軽郡金木《かなぎ》村（現在の金木町）に、父源右衛門、母タ子（たね）の六男として生まれた。

故郷の町金木について、太宰はつぎのように書いている。

「金木は、私の生れた町である。津軽平野のほぼ中央に位し、人口五、六千の、これといふ特徴もない

津軽の冬

が、どこやら都会ふうにちょっと気取った町である。善く言へば、水のやうに淡白であり、悪く言へば、底の浅い見栄坊の町といふ事になってゐるやうである。」
（『津軽』）

生家　津島家

津島家

太宰の生家津島家は、「津惣《つそう》」という呼び名で津軽一円に知れわたった大地主で、かれが生まれたころ、父の源右衛門は県会議員をつとめていた。またその前後は、津島家のとくに華《はな》やかな時代でもあり、津島家の人々は、御殿のようにりっぱな家に住み、殿様の乗り物のように定紋《じょうもん》のついた「黒くてかてか光る箱馬車」を駆る、豪勢な生活を楽しんでいた。

だが、津島家は先祖代々の名門というわけではなかった。津島の名が、青森県下に多少とも知られ始めたのは、太宰の曾祖父惣助《そうすけ》の時代からであった。家系について太宰は、「私の生れた家には、誇るべき系図も

津島家の定紋のあるのれん

何も無い。どこからか流れて来て、この津軽の北端に土着した百姓が、私たちの祖先なのに違ひない。」といい、「私の家系には、ひとりの思想家もゐない。ひとりの学者もゐない。ひとりの芸術家もゐない。役人、将軍さへゐない。実に凡俗の、ただの田舎の大地主といふだけのものであった。」（「苦悩の年鑑」）とのべている。

つまり、津島家とは、食うや食わずで本州の北端津軽に流れついた祖先以来、何代かにわたって周囲の貧しい人々を搾取《さくしゅ》し続けてきた、ただの「田舎の大地主」にしかすぎなかったのである。貪欲《どんよく》な地主の欲望の対象とされ、犠牲とされてきたのは周囲の貧しい人々ばかりではなかった。時には肉親も、その対象とされてきた。太宰が「哀蚊《あわれが》」で描いた老婆は、まさにそういういたましい犠牲者の一人であった。

家を守るため、嫁にもゆかず死んでいこうとしている老婆はつぶやく。

「わしという万年白歯を餌にして、この百万の身代ができたのぢゃぞえ。」

御殿のようにりっぱな家の中には、このように犠牲となってきた人人の暗い怒りと呪《のろ》いの声とがひそんでいたのである。

父と母

太宰が誕生したころの津島家は、実に多人数で、六十九歳になる曾祖母さ代を筆頭に、祖母いし、父と母、三男文治、四男英治、五男圭治の三人の兄(長男総一郎と次男勤三郎は夭折《ようせつ》していた)、長女タマ、次女トシ、三女あい、四女きやうの四人の姉、叔母のキヱとその四人の娘、ほかに使用人数人と、総勢三十数名に達する大家族であった。

太宰は生まれ落ちるとすぐ乳母《うば》の手に渡され、乳母の乳で育てられ、以後肉親の愛情をほとんど知らずに生長した。

父の源右衛門はいそがしい人で、家にいることはあまりなかった。また、家にいても子どもたちと一緒にいることはほとんどなかった。幼いころのかれは、この父にあまり親しめず、むしろ「恐ろしい人」という

津島家系図

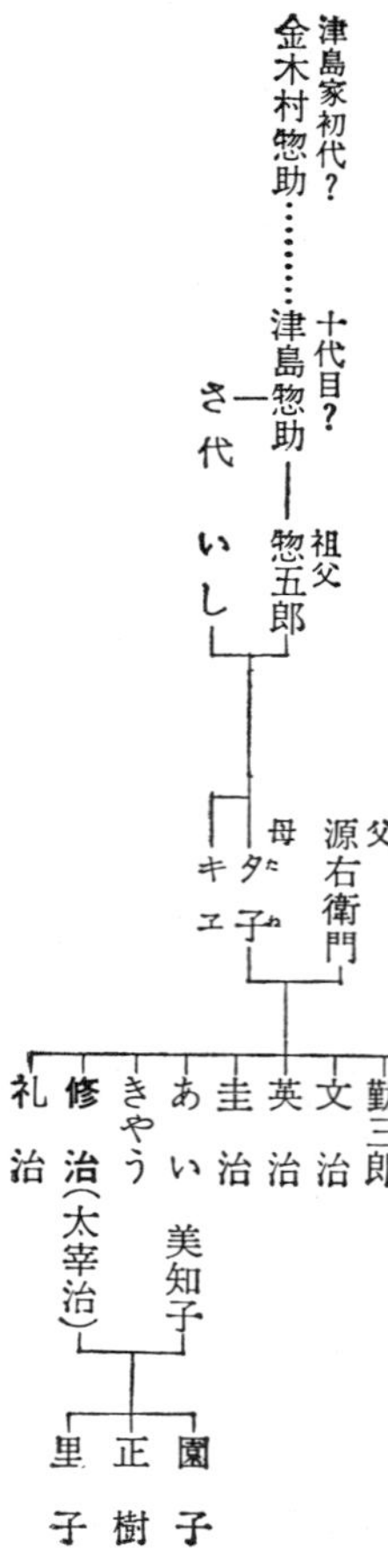

父　源右衛門

母　夕子

印象を抱いていたようである。幼時のそういう父への思いを、のちにかれは「思ひ出」でつぎのように語っている。

「私は此の父を恐れてゐた。父の万年筆をほしがってゐながらそれを言い出せないで、ひとり色々と思ひ悩んだ末、或る晩に床の中で眼をつぶったまま寝言のふりして、まんねんひつ、まんねんひつ、と隣部屋で客と対談中の父へ低く呼びかけた事があったけれど、勿論《もちろん》それは父の耳にも心にもはひらなかったらしい。私と弟とが米俵のぎっしり積まれたひろい米蔵に入って面白く遊んでゐると、父が入口に立ちはだかって、坊主、出ろ、出ろ、と叱った。光を背から受けてゐるので父の大きい姿がまっくろに見えた。私はあの時の恐怖を惟《おも》ふと今でもいやな気がする。」

またかれは、病弱の母夕子にも親しめなかった。母について太宰はつぎのように回想している。

「母に対しても私は親しめなかった。乳母の乳で育って叔母の懐《ふところ》で大きくなった私は、小学校の二、三年のときまで母を知らなかったのである。下男がふたりかかって私にそれを教へたのだが、ある夜、傍《かたわら》に寝てゐた母が私の蒲団の動くのを不審がって、なにをしてゐるのか、と私に尋《たず》ねた。私はひどく当惑して、腰が痛いからあんまやってゐるのだ、と返事した。母は、そんなら揉《も》んだらいい、たたいて許りゐたって、と眠さうに言った。私は黙ってしばらく腰を撫《な》でさすった。母への追憶はわびしいものが多い。」

このような環境の下で幼い太宰は、両親にあまり愛されない自分を「父母のほんとうの子ではない」と思い込み、それを確かめようと蔵の中の書き物を調べたり、出入りの大人たちにこっそり聞いて回ったりする、妙にひがんだ子になってゆくのである。

忘れ得ぬ人々

太宰は三つになったころ、乳母の手から子守りのたけの手にわたされ、以後このたけと叔母のキヱの手で育てられた。この二人の女性は、かれが終生忘れられなかった人々であり、のちの太宰の作品に「なつかしい思い出」として、しばしば登場する人々である。

たけは、津島家に太宰の子守りとしてやとわれた十四歳の娘であり、キヱは、母たねの妹で、不幸な結婚生活の末、娘四人を連れて、津島家に身をよせていた人である。

幼いころの太宰は、夜は叔母に抱かれて眠り、その他はいつもたけと一緒という日々を送っていた。

子守りのたけは幼いかれの教育に熱中した。父母になじみの薄いかれに本を読むことを教えたのはたけである。二人はいろいろな本を読み合い、読む本がなくなると彼女は村の日曜学校などから子どもの本をどしどし借りて来てかれに読ませた。やがて姉のあいが小学校に入学すると、たけはその小学校へ、絵本を持って毎日のようにかれを連れて通った。そのころの修ちゃん（太宰）は、文字など「二、三度も教へると覚えてしまふ程、物覚えのよい」（「私の背中で」）子どもでした、とのちにたけは回想している。

たけに本を読む楽しさを教えられたかれは、間もなく本のとりことなった。そのころを、かれはのちに「朝、眼がさめてから、夜、眠るまで、私の傍《かたわら》に本の無かった事は無いと言っても、少しも誇張でないやうな気がする。手当り次第、実によく読んだ。さうして私は、二度繰り返して読むといふ事はめったに無かった。一日に四冊も五冊も、次々と読み放しである。日本のお伽噺《とぎばなし》よりも、外国の童話が好きであった。」（「苦悩の年鑑」）とのべている。

また、たけはかれに道徳を教えた。幼いかれに神秘的な宗教の世界を、彼女の流儀で教えこんだのである。「思ひ出」にはこう記されている。

「たけは又、私に道徳を教へた。お寺へ屢々《しばしば》連れて行って、地獄極楽の御絵掛地《おえかけじ》を見せて説明した。火を放《つ》けた人は赤い火のめらめら燃えてゐる籠を背負はされ、めかけ持った人は二つの首のある青い蛇にからだを巻かれて、せつながってゐた。血の池や、針の山や、＊無間奈落《むげんならく》といふ白い煙のたちこめた底知れぬ深い穴や、到るところで、蒼白く痩《や》せたひとたちが口を小さくあけて泣き叫んでゐた。嘘を吐けば地獄へ行ってこのやうに鬼のために舌を抜かれるのだ、と聞かされたときには恐ろしくて泣き出した。

＊無間奈落　大悪を犯した者が連れていかれるという八大地獄の一つ。

そのお寺の裏は小高い墓地になってゐて、山吹かなにかの生垣に沿うてたくさんの卒堵婆《そとば》が林のやうに立ってゐた。卒堵婆には、満月ほどの大きさで車のやうな黒い鉄の輪のついてゐるのがあって、その輪をからから廻して、やがて、そのまま止ってじっと動かないならその廻した人は極楽へ行き、一旦とまりさうになってから、又からんと逆に廻れば地獄へ落ちる、とたけは言った。たけが廻すと、いい音をたててひとしきり廻って、かならずひっそりと止るのだけれど、私が廻すと後戻りすることがたまたまあるのだ。秋のころと記憶するが、私がひとりでお寺へ行ってその金輪のどれを廻して見ても皆言ひ合せたやうにからんからんと逆廻りした日があったのである。私は破れかけるかんしゃくだまを抑へつつ何十回となく執拗《しつよう》に廻しつづけた。日が暮れかけて来たので、私は絶望してその墓地から立ち去った。」

叔母のキヱも心からかれを愛した人である。小学生のころの綴方「僕の幼時」には、叔母は寝床の中でよく昔話をしてくれた、僕は叔母の出ない乳首をくわえながら、おとなしくその話を聞いたものだ、と書かれているが、この叔母は甘いばかりの人ではなかった。かれのいたずらを知った時などは容赦《ようしゃ》なく叱り、こらしめのため、土蔵に入れたりしたこともあったという。

のちにかれは『津軽』で「幼少の頃、私は生みの母よりも、この叔母を慕ってゐた」とのべているが、幼いかれにとって、この叔母がどんなに大切な人であったかということは、つぎのようなエピソードからも明らかであろう。

＊卒堵婆　仏への供養として墓の後に立てる細長い板。

「ある夜、叔母が私を捨てて家を出て行く夢を見た。叔母の胸は玄関のくぐり戸いっぱいにふさがってゐた。その赤くふくれた大きい胸から、つぶつぶの汗がしたたってゐた。叔母は、お前がいやになった、とあらあらしく呟《つぶや》くのである。私は叔母のその乳房に頬《ほお》をよせて、さうしないでけんせ、と願ひつつしきりに涙を流した。叔母が私を揺り起した時は、私は床の中で叔母の胸に額《ひたい》を押しつけて泣いてゐた。眼が覚めてからも私は、まだまだ悲しくて永いことすすり泣いた。」（「思ひ出」）

そしてかれは、小学校に入学する前後に、この二人との相次ぐ別れを経験しなければならなかった。叔母との別れは冬の日のことであった。遠くの町に移り住む叔母の橇《そり》に、かれは小さくうずくまっていた。すぐ上の兄が「ムコ、ムコ」とはやしたてたのを、幼い「私は叔母に貰《もら》われたのだ」と思いこみ、叔母についていった。しかし小学校に入学するようになったころ、かれは再び津島家に帰された。別れ住むようになってからもかれは、この叔母が恋しくて実にしばしば訪問したという。

叔母の去った津島家で、かれが心を許せる唯一の人はたけであった。しかし、たけも間もなく津島家から姿を消した。たけとの別れは突然の別れであった。

「或る朝、ふと眼をさまして、たけを呼んだが、たけは来ない。はっと思った。何か直感で察したのだ。私は大声挙《あ》げて泣いた。たけゐない、たけゐない、と断腸の思ひで泣いて、それから、二、三日、私はしゃくり上げてばかりゐた。」（『津軽』）

たけは幼い「私がそのあとを追ふだろうといふ懸念から」何も告げずに去ったのである。

道化

太宰が金木の尋常小学校に入学したのは大正五年のことである。小学生のころのかれは、成績は優秀で、毎年三月には総代をつとめていた。教科でもっとも得意としたのは綴方《つづりかた》であったが、「思ひ出」によれば、その綴方は「ことごとく出鱈目《でたらめ》」であり、自分自身を「神妙ないい子にして綴るやう」努力し、「いつも皆にかっさいされる」よう心がけていた。時には少年雑誌の当選作を盗んで、三つ年下の弟礼治に清書させ、提出したこともあったという。

かれが服装や容貌について異常な関心を抱き始めたのも、このころからである。かれは、白いフランネルのシャツを好んで着、袖口には貝のボタンを一つ余分につけさせ、シャツの袖口から、それがちらっと出て「きらきら光り輝くやうに企てた」(「おしゃれ童子」)り、皆が晴着を着て登校する十五夜の日には「毎年きまって茶色の太い縞《しま》のある本ネルの着物を着て行って、学校の狭い廊下を女のやうになよなよと小走りに」走ってみたりした。そして家に帰っては、良い男だ、といわれることをひそかに期待しながら、女中部屋に行き「兄弟中で誰が一番良い男だろう」とたずねたりもした。

当時太宰は、叔母とたけのいなくなった津島家で孤立しており、父母から愛されない自分に気付き始めていた。幼いかれにとって、孤独であると自覚することは非常な恐怖であり、その恐ろしさからのがれるため、人々の目を引きつけようとさまざまな努力を払っていたのである。かれ独特の綴方といい、おしゃれといい、それらはすべて孤独であるという意識からのがれるための苦肉の策であったのだ。

そんなかれであったから、学校へ行ってもさっぱり勉強せず、「授業時間に漫画などを書き、休憩時間には、それをクラスの者たちに説明して聞かせて、笑はせて」（『人間失格』）いたし、得意の綴方にもこっけい話ばかりを書いて、教師から注意されることが多くなっていた。そして家に帰ってからも、いろいろなおどけを演じていた。真夏に赤い毛糸のセーターを着てみたり、使用人たちを洋間に集めて、下男にピアノを弾《ひ》かせ、でたらめなインディアン踊りを踊ったりして、人々の笑いを誘っていた。そのころのかれは「お道《ど》化《け》に依って家族を笑はせ、また、家族よりも、もっと不可解でおそろしい下男や下女にまで、必死のお道化のサーヴィスを」（『人間失格』）していたのである。

餓《が》鬼《き》大将　幼いころのかれにもくつろぎの時はあった。同年輩の悪童連と子どもらしい、無邪気な遊戯にふけったこともあったのである。

ある時、金木の芝居小屋に東京の歌舞伎の一座がかかったことがあった。以前からこういう催し物が大好きだったかれは、毎日のように見物に通い、生まれて初めて見た歌舞伎に感激して「幾度となく涙を流し」ていたが、やがて興行がすむや否や、仲間を集めて一座を結成した。この小さな一座は、間もなく「山中鹿之助」と「鳩の家」と「かっぽれ」の三つをだし物として初興行をしたが、かれは「山中鹿之助」を脚色・主演し、「かっぽれ」をも踊るなど大活躍をした。芝居に熱中したかれらは、昔気質《むかしかたぎ》の祖母から「河原乞食の真似糞はやめろ」とののしられながら、その後も「牛盗人」や「皿屋敷」をだし物として興行をつづけたという。

小学生のころの治(左より2人め)
赤ん坊をだいているのは姉トシ，右端は弟礼治

以前からかれはこの祖母を好いてはいなかったが、そのころ家業を助けて家にいた次兄の英治が、毎日のように酒をのんではこの祖母と激しく口論するのを見て、「そのたんび、ひそかに祖母を憎む」気持ちを強めていた。そして、津島家であまり優遇されない次兄には親しみを感じていた。

またかれは兄弟の中でも、「美男子だ」といわれていた三兄の圭治と弟の礼治には好感が持てなかった。特に末っ子で、皆から何かと愛されていた美しい顔の弟に対しては、憎悪の情を持っていた。かれはその弟を、時々なぐっては母に叱られていたが、あるときなど「しらみだらけだ」といって笑った弟を、なぐり倒したことさえもあったという。

そのころのかれはかなりの腕白で、いつも仲間の統領《とうりょう》として行動していた。金木に住む幼なじみのひとりは、かれは、「兎の競馬」の発案者であった、津島家の裏庭に連日のように仲間を集めては、兎レースを楽しんでいた、とのべているし、また、腕白仲間のひとり鳴海和夫も、当時、仲間から催眠術士として相当の腕を持つ、といわれていたかれが、ある日「私に催眠術を」かけて成功し、周囲の子どもたちの賞讃の中で誇らかに笑っていた、その誇らしげな笑顔を今も忘れてはいない、と語っている。

しかし、仲間たちとこうした無邪気な遊戯にふけりながらも、時折、かれは「地主の子」として仲間から区別されている自分を発見することがあった。

金木にサーカスが来た時の話である。小屋掛けを始めたサーカスを待ちきれない悪童連は、群をなしてそのテントをのぞきに行く。そして団員に大声でどなられては、「わあと喚声を揚げて」退却する。このくり返しがかれらには何ともいえないほど面白い。やがて追ってきた団員のひとりにつかまった太宰は、団員から「あんたはいい。あんたは、いいのです。」といわれて驚く。テントの中に連れこまれたかれは、外でわいわい騒いでいる仲間たちの声を聞きながら、珍しい動物を見せられても「少しもたのしく」ない。かれはただ「あの悪童たちと一緒に追ひ散らされたかった」のだ。団員はかれが何かと世話になる∧源《ヤマゲン》（津島家の屋号）の子であることを知っていたのである。

動揺

かれが小学校に入学した大正五年はデモクラシイについての論議がさかんになり始めた年である。この思想は、政治は民衆を尊重して行なわなければならない、そのためには議会政治が必要だと主張し、当時の知識階級の人々に大きな影響を与えていた。そのころ東京の中学に通っていた三兄の圭治も、このデモクラシイの共鳴者であった。休暇で金木に帰省するたびに三兄は、小学校の上級生であったかれにデモクラシイを熱心に説いた。デモクラシイの思想から地主も使用人も皆同じ人間であると教えられたかれは、母までが「デモクラシイのため税金がめっきり高くなって作米の殆《ほと》んどみんなを税金に取られる、と客たちにこぼしてゐるのを耳にして」心弱くうろたえた。

そして、かれは「夏は下男たちの庭の草刈に手つだひしたり、冬は屋根の雪おろしに手を貸したり」しながら、使用人たちにデモクラシイを教えこもうと奮闘した。だが、使用人たちはかれの手助けをあまりよろこんではくれなかった。「私の刈った草などは後からまた彼等が刈り直さなければいけなかった」からである。こうすることが正しいのだ、と信じきってしたかれの行為は、道化には拍手をおくった使用人たちによって、無言のうちにきびしく拒絶されたのである。このようなみじめな体験から得たかれの結論は「つまり自分には、人間の営みというものが未だに何もわかってゐない」のだ、ということであった。こうしてかれは「私はいったい幸福なのでせうか」と問いつづける子になってゆくのである。

「自分の幸福の観念と、世のすべての人たちの幸福の観念とが、まるで食いちがってゐるやうな不安、自分はその不安のために夜々、輾転《てんてん》し、呻吟《しんぎん》し、発狂しかけた事さへあります。自分は小さい時から、実にしばしば、仕合せ者だと人に言はれてきましたが、自分ではいつも地獄の思ひで、かへって、自分を仕合せ者だと言ったひとたちのはうが、比較にも何にもならぬくらゐずっとずっと安楽なやうに自分には見えるのです。自分には、禍《わざは》ひのかたまりが十個あって、その中の一個でも、隣人が背負ったら、その一個だけでも充分に隣人の生命《いのち》取りになるのではあるまいかと、思った事さへありました。」（『人間失格』）

父の死

大正十一年、尋常小学校を卒業したかれは、
「からだが丈夫になったら中学へいれてやる、それも兄たちのやうに東京の学校では健康に悪いから、もっと田舎の中学へいれてやる」(「思ひ出」)
という父との約束のもとに、明治高等小学校に入学した。この学校は金木の町から二キロほど離れた松林の中にあり、かれは毎日徒歩で通学した。高等小学校時代のかれは、成績は優秀であったが、あいかわらず腕白であった。

中学進学を希望していたかれは、高等小学校の授業にはあまり魅力を感じることはできず、授業の時間に、連続の漫画を書いてみたり、「机に頰杖ついて教室の外の景色をぼんやり眺めて一時間を」すごしたり、五、六人の仲間と「一緒に授業を逃げて、松林の裏にある沼の岸辺に寝ころびつゝ、女生徒の話をしたり」する生徒であった。そして家では「帝展の入選画帳を父の本棚から持ち出しては、その中にひそめられた白い画に頰をほてらせて眺めいったり」していた。

しかし、この年の冬からかれは中学校の入学試験にそなえて、かなり激しい勉強を始めていた。

中学校の入学試験が目前に迫った大正十二年の早春、津軽にはまだ雪が深かったころ、貴族院議員をつとめていた父の源右衛門が、東京神田の病院で血を吐いて死んだ。近くの新聞社は源右衛門の死を号外で伝えた。が、かれは父の死よりも「かういふセンセィショ ンの方に興奮を感じ」ていた。やがて「父の死骸は大

きい寝棺に横たはり橇《そり》に乗って」故郷に帰って来た。大勢の町の人々と隣村近くまで、それを迎えに行ったかれは、森の陰から幾台となく続いた橇の幌《ほろ》が月光を受けつつ滑って出て来るのを眺めて、ただ「美しい」と思っていた。

つぎの日「私のうちの人たちは父の寝棺の置かれてある仏間に集った。棺の蓋《ふた》が取りはらはれるとみんな声を立てて泣いた。父は眠ってゐるやうであった。高い鼻筋がすっと青白くなってゐた。」皆の泣き声を聞いたかれは、幼いころからどうしても親しめなかった父と自分とを思いやって涙を流していた。

源右衛門の葬式がすっかりすむまでのほぼ一月、津島家は火事場のような騒ぎの連続であった。その混雑にまぎれて、かれは受験勉強を怠っていた。「高等小学校の学年試験にも殆ど出鱈目な答案を作って」提出してすませた。間もなく津島家は長兄の文治によって相続され、以後「二十五歳の長兄と、二十三歳の次兄と、力を合せてやって行く」(「兄たち」)ことになった。

青森中学

父の死からほぼ一月がたったころ、かれは青森市にある青森中学校(現在の青森高等学校)に入学した。その前後についてかれは「思ひ出」で、つぎのようにのべている。

「いい成績ではなかったが、私はその春、中学校へ受験して合格した。私は、新しい袴《はかま》と黒い沓下《くつした》とあみあげの靴をはき、いままでの毛布をよして羅紗《らしゃ》のマントを洒落者《しゃれもの》らしくボタンをかけずに前をあけたまま羽織って、その海のある小都会へ出た。そして私のうちと遠い親戚にあたるそのまちの呉服店で旅装を解いた。入口にちぎれた古いのれんのさげてあるその家へ、私はずっとお世話になることになってゐたのである。

私は何ごとにも有頂天《うちようてん》になり易い性質を持ってゐるが、入学当時は銭湯へ行くのにも学校の制帽を被《かぶ》り、袴《はかま》をつけた。そんな私の姿が往来の窓硝子にでも映ると、私は笑ひながら、それへ軽く会釈をしたものである。」

かれが旅装を解いた古いのれんのかかった家は、代々呉服商を営み、老舗《しにせ》として知られていた青森市寺町の豊田呉服店である。豊田家の当主の太左衛門《だざえもん》は、太宰をわが子のように可愛がり、かれが少しでも良い成績をとると、だれよりも喜んでくれた人である。

当時、中学校は青森の町のはずれにあり、白いペンキで塗られていた。すぐ裏には津軽海峡に面する合浦《がっぽ》公園があり、波の音や松のざわめきが授業中でも聞こえてくるこの中学校を、最初、かれは気にいっていた。しかし、入学式の時から教師たちにむやみと迫害されたかれは、間もなくそこでの生活を「ちっとも面白く」ないと思うようになっていた。教師たちは、かれを、にやにやしているとか、あくびをしたとか、さまざまな理由でなぐってばかりいたのである。他人から「どんな些細《ささい》なさげすみを受けても死なん哉《かな》と悶《もだ》え」苦しむ少年であったかれは、恐ろしい教師たちに憎まれて、落第という不名誉を背負わされてはならないと、「競競《きようきよう》として」授業を受けていた。また、かれは「この教室のなかには眼に見えぬ百人の敵がゐるのだ」と考えて、少しも油断をしないで勉強をつづけていた。そしてその結果、「一学期の成績はクラスの三番であった。操行も甲であった。」それを知ったかれは「その通告簿を片手に握って、もう一方の手で靴を吊り下げたまま、裏の海岸まではだしで」走って行った。ただ嬉しかったのである。

そののちもかれは優秀な成績を取りつづけ、三年になってからは首席の座を守り通したほどだったが、反面、「れいのお道化」は実にのびのびとしてきていた。教室ではいつもクラスの者たちを笑わせ、教師も

「このクラスは大庭（太宰）さへゐないと、とてもいいクラスなんだが」

と嘆きながら笑わせられていた。かれには「あの雷の如き蛮声《ばんせい》を張り上げる配属将校をさへ」容易にふき出させることもできたのである。作文にも得意の腕をふるっていた。入学して間もなく発表した「花子サン」は「ユーモア小説でチンピラ中学生を涙の出る程笑い転がらせた」（「思い出果てなし」）と同級生の阿部合成は追想している。

道化によってかれが、もはや、自分の正体を完全に隠し得たのではあるまいか、と、ほっとした矢先に恐ろしいことが起こった。白痴に近い同級生のひとりが、かれの道化を見抜いてしまったのである。ある日の体操の時間のことである。

「自分たちは鉄棒の練習をさせられてゐました。自分は、わざと出来るだけ厳粛な顔をして、鉄棒めがけて、えいと叫んで飛び、そのまま幅飛びのやうに前方へ飛んでしまって、砂地にドスンと尻餅をつきました。すべて、計画的な失敗でした。果して皆の大笑ひになり、自分も苦笑しながら起き上ってズボンの砂を払ってゐると、いつそこへ来てゐたのか、竹一が自分の背中をつつき、低い声でかう囁きました。

「ワザ。ワザ。」（『人間失格』）

かれが「ワザ」と失敗したということを、白痴に近い同級生は直感的に見破ったのである。そのことばを聞いたかれは、「世界が一瞬にして地獄の業火に包まれて燃え上るのを眼前に」見たような気がして、「わあっ……」と叫んで発狂しそうになる気配を必死の力でおさえていた。

「それからの日々の、自分の不安と恐怖。」

かれはただ人間が恐ろしく、悲しい道化を演じては、皆を笑わせ続けていた。

青春
――苦悩と彷徨

ひそかな決意

中学の三年生になったかれはある春の朝、学校への道すがら、朱で染められた橋の丸い欄干《らんかん》にもたれながら、ぼんやりと「自分の来し方、行末」について考えていた。やがて溜息《ためいき》をついてこう考えた。

「えらくなれるかしら。」

そのころのかれは、すべてに満足しきれない自分にあせりと不安とを感じ始めていたのである。そしてと

うとうあるわびしいはけ口を見出した。それは創作である。かれは

「作家にならう、作家にならう」

とくり返しつぶやいていた。大正十四年、太宰が十六歳のころのことである。

この年の三月、かれは青森中学校『校友会誌』に生まれて初めての小説「最後の太閤《たいこう》」を発表し、夏には、阿部合成ら四、五人のクラスメイトと同人雑誌『星座』を発行して、「虚勢」という戯曲を発表した。

当時のかれは、すでに泉鏡花、久保田万太郎、吉井勇、里見弴、谷崎潤一郎、芥川龍之介らのほとんどの作品を読破しており、外国文学では「シェークスピアを誦《そら》んじ、モオパッサンについて」(阿部合成)語るほどの知識を持っていたという。また、井伏鱒二《いぶせますじ》への心酔が始まったのもこの前後のことである。かれは、休みに帰省する兄の持って帰る文芸雑誌の中から「井伏さんの作品を捜《さが》し出して、読み、その度毎に、実にすばらしいと感嘆し、兄や弟に、ぜひ井伏の作品を読め、とすすめていた。

『星座』は一号で廃刊となったが、その直後、かれは弟の礼治やクラスメイトの中村貞次郎らと相談して同人雑誌『蜃気楼《しんきろう》』の創刊を企てた。この雑誌は大正十四年十月に創刊号が発行され、昭和二年に廃刊されるまでに合計十二冊が刊行されたが、その間かれは、毎号のように作品を発表するかたわら、「編集後記」を書き、熱心な編集者としても活躍した。『蜃気楼』はかれの下宿の近くの大きな印刷所で刷らせていたが、表紙はとくに「石版でうつくしく刷ら」せ、発行のたびに無料でクラスメイトに配布されていた。

同じころ、金木の津島家でも兄弟を中心とする、『青んぼ』という妙な名前の雑誌の発行が準備されてい

た。『青んぼ』の発案者は、当時東京の美術学校の学生であった三兄の圭治であり、この兄は、銀粉をやたらに使用した「シュウル式の」わからない絵を表紙とすることに決めて得意になっていた。編集長をも兼ねていた三兄は、かれに言いつけて、「一家中から、あれこれと原稿を集め」させ、かれが「やっと、長兄から「めし」といふ随筆を、口述筆記させてもらって、編集長のところへ少し得意で呈出したら」ケッと笑って、さんざん悪口をいったきりであった。当時の津島家には名作を鑑賞し合ったり、物語を合作したり、詩を競作したりする雰囲気ができつつあった。この『青んぼ』にもかれは小説や随筆を発表したが、そのころのかれは「はじめは道徳に就いての哲学者めいた小説を」書き、また「一行か二行の断片的な随筆をも得意として」いた。大正十五年、『蜃気楼』に連載した随筆「侏儒楽《しゅじゅ》」は題名、スタイルともに、芥川龍之介の「侏儒の言葉」を思わせる作品であり、このころからかれが芥川に強い関心を持っていたことを示している。

このようにかれが文学に「熱狂してゐるらしいのを」心配した長兄は、故郷からかれの許に長い手紙を寄せ「化学には方程式あり、幾何には定理があって、それを解する完全な鍵が与へられてゐるが、文学にはそれがないのです。ゆるされた年令、環境に達しなければ文学を正当に摑《つか》むことが不可能と存じます」と忠告してきた。一読したかれはすぐ長兄に「兄上の言ふことは本当だと思ふ、立派な兄を持つことは幸福である。しかし、私は文学のために勉強を怠ることがない、その故にこそいっそう勉強してゐるほどである」と書き送った。

返書に記されているように、当時のかれは猛烈な勉強家で、「青森中学きっての秀才」と噂されていた。秀才修治に寄せる津島家の人々の大きな期待を背負ったかれは「秀才といふぬきさしならぬ名誉のために、どうしても、中学四年から高等学校へはひって見せ」ようと一心に勉強していたのである。そのころ、かれの受験勉強を指導した飛島定城は「太宰治少年は秀才だった。おとなしい素直な愛すべき少年だった。勉強を見てやった僕は

「こいつ仲々《なかなか》出来るぜ」

とひどく心を打たれた」(「作家以前の太宰治」)ことを覚えている、とのべている。

赤い糸

弟の礼治が青森中学校に入学したのは、かれが中学三年生になった春のことである。礼治はかれの下宿豊田屋に同居し、通学することになったが、故郷を離れたふたりは、幼いころとはうってかわり、いたわり合いながら暮らしていた。そのころのふたりについて、兄弟の共通の友人中村貞次郎はこういっている。

「太宰と礼治君とは、一心同体のような深いつながりを私に感じさせた。映画館に行く時でも、入浴に行く時でも、何時も二人は一緒だった。」

当時、太宰は日曜のたびに友人や弟と、青森から十二キロほど離れた浅虫《あさむし》海岸にピクニックに行き、「海岸のひらたい岩の上で、肉鍋をこさえ、葡萄酒を」飲み、声の良い礼治に歌を習って合唱するのを楽しみに

していたが、それも「弟礼治君が居たから」（中村貞次郎）であったという。

礼治は、吹出物に悩まされている兄を心配して「なんべんとなく私の代わりに薬を買ひに行って呉れ」るような気のやさしい少年であった。幼いころからこの弟を憎んでいた太宰は、弟の中学受験の折には、ひそかに「彼の失敗を願ってゐたほどであった」が「かうしてふたりで故郷から離れて見ると、私にも弟のよい気質がだんだん判って」きて、当時は「何でも打ち明けて話し」合える仲の良い兄弟になっていたのである。

月の良い初秋のある夜、仲の良いふたりは港に出て「赤い糸」について話し合った。「赤い糸」の話とは、男の右足の小指からは目に見えない赤い糸が伸びていて、その端はきっと或る女の子の同じ指に結びついている。その糸はどんなことがあっても切れず、やがてふたりは結ばれるという話である。国語の授業の時間に、初めてその話を聞いたかれは興奮し、下宿に帰るとすぐ弟に話していた。

「私たちはその夜も、波の音や、かもめの声に耳傾けつつ、その話をした。お前のワイフは今ごろどうしてるべなあ、と弟に聞いたら、弟は桟橋《さんばし》のらんかんを二、三度両手でゆりうごかしてから、庭あるいてる、ときまり悪げに言った。大きい庭下駄をはいて、団扇《うちわ》をもって、月見草を眺めてゐる少女は、いかにも弟と似つかはしく思はれた。私のを語る番であったが、私は真暗い海に眼をやったまま、赤い帯しめての、とだけ言って口を呟《つぐ》んだ。」（「思ひ出」）

かれはこの年の夏、帰省した際に見たみよという「浴衣に赤い帯をしめたあたらしい小柄な」小間使いを忘れることができなかった。そして「赤い糸」といえば、必ずみよの姿を思い浮かべていたのである。

中学の四年の春、かれはそれまで秘密にしてきた、みよへの思いを弟に話した。思い悩んだ末、寝床の中でそっと打ちあけたのである。黙って聞いていた弟は

「けっこんするのか」

と言いにくそうにたずね、そして「恐らくできないのではないか」とまわりくどい口調で言った。

その年の夏休み、かれは「みよを見せたい心もあって」友人ふたりを連れて帰省したが、みよとふたりで過ごす時をひそかに待ち望み、友人たちと勉強する時間にも、時折「みよを見に母屋に」行ったりしていた。休みも終わって出発の日、かれは「おほきい心残りを感じて故郷を離れ」ていった。そして秋の土曜日にも帰省した。高く澄んだ翌朝、葡萄をつみに出たふたりは、一言も語らずに時を過ごした。はちに刺されたみよに、かれは薬瓶をできるだけ乱暴に手渡して、「自分で塗って」やろうとはしなかった。

冬の休みに帰省したかれは、みよのいないことに気づいた。夕食後、次兄に誘われて弟と三人、トランプをしたが、かれには「トランプのどの札もただまっくろに見えて」いた。そして思いきって次兄に

「女中がひとり足りなくなったやうだが」

とトランプで顔を被《おお》うようにしながらたずねると、次兄はトランプの札をあれこれと出し迷いながら

「みよか、みよは婆様と喧嘩して里さ戻った、あれは意地っぱりだぜえ、」

と、つぶやいて、札をひらっと一枚捨てた。

みよは津島家から暇をとっていたのである。

弘前の町で

昭和二年の春、青森中学校を四年で修了したかれは、弘前《ひろさき》高等学校文科（現在の弘前大学文理学部）に入学した。当時の高等学校は「全寮制度」をとっていて、新入生は一応、寮生活をする規則になっていたが、団体生活を嫌《きら》ってか、かれは入寮せず、遠縁にあたる弘前市富田新町の藤田豊三郎方に下宿し、通学した。かれが三年間の高校生活を送った弘前の町は、弘前城の脚下に「何百年も昔のままの姿で小さい軒を並べ、息をひそめてひっそりとうずくまって」いるような町であり、「ときどき素《しろ》人《うと》の義太夫《ぎだゆう》発表会が、まちの劇場でひらかれ」るほど、不思議に義太夫のさかんな町であった。こういう雰囲気の中で、入学直後のかれは、間もなく義太夫のとりことなった。下宿の部屋をきちんと片づけ、片隅に鏡台を置き、壁には三味線や錦絵を飾り、こたつには緋縮緬《ひぢりめん》のふとんをかけ、本棚には近松の著作集や浄瑠璃《じょうるり》全集などをぎっしりと並べた。そして夏休みには帰省もしないで、竹本咲栄という女師匠の許に義太夫を習いに通った。この師匠のもとでかれは「朝顔日記」を覚えたのを皮切りに「野崎村、壺坂、それから紙治など一とほり」をマスターし、時折、義太夫発表会にも出席していた。

そのころのかれは「粋《いき》な、やくざなふるまひは、つねに最も高尚な趣味である」と信じていた。大島の着物をぞろりと着流し、黒の角帯をしめ、雪駄《せった》をはき、そんな姿で料亭へ「のこのこはひっていって芸者と一緒にごはんを食べること」などを覚え始めていた。そして、かれは「泉鏡花氏の小説で習ひ覚えた地口《ちぐち》を、一所懸命に、何度もくりかへして言って」みては、「おのれのロマンチックな」姿態《したい》に酔っていた。

しかし、この年七月の芥川龍之介の自殺は、作家志望のかれに大きなショックを与えずにはおかなかった。芥川の死を知ったかれは

「作家はこのやうにして死ぬのが本当だ」

と友人にもらしたという。そしてかれの「やくざなふるまひ」は一段と激しさを加えていった。友人や芸者たちと朝までどんちゃん騒ぎを演じたり、青森や浅虫温泉にまで出かけることが多くなっていた。のち、かれが一時期同棲《どうせい》生活をした小山初代を知ったのもこの年の秋のことである。当時彼女は紅子という名で、青森の料亭「玉家」から出ていた芸妓であったが、初代を知ってからのかれは、土曜のたびに、下宿の人の目を盗んで、青森の初代の許に通ったという。

そのころの高等学校では女のいる家に通う学生も、さほど珍しくはなかったようだが、そんな学生たちの中でも、異様な風采をしたかれはひときわ目立つ存在だった、と高校時代の友人のひとりはのべている。

このような遊興の費用はすべて津島家からの送金でまかなわれていたが、当時のかれは一カ月ほぼ百円を使っていた。サラリーマンの初任給が五十円内外のころの話であるから、高校生としては破格の浪費家であったといえよう。

だが、かれは遊興の中に溺《おぼ》れてしまっていたわけではなかった。「作家にならう」という決意は抱き続けていた。高校に入学した直後の英語の時間に書いた作文“What is Real Happiness?”は英人教師から

“Most Excellent !” と賞讃されたというし、何編かの小説をひそかに書き溜めてもいた。

そして、かれが十八歳の初夏、昭和三年の五月には、同級生の三浦正次らを誘って『細胞文芸』を創刊した。『細胞文芸』は太宰が資金を出し、編集した雑誌で、表紙には前衛的なデザインを用い、その中には「俺達ハ細胞ノ持ツ無気味ナ神秘性ヲ愛スル」という断章が刷りこまれていた。また「創刊の辞」には「俺達ハ信ズル、「創作ハ技芸ナリ」ト」とも記されており、こういう断章からも明らかなように、浪漫的傾向の強い雑誌であった。この『細胞文芸』の創刊号にかれは、辻島衆二のペンネームで未完の長編「無間奈落」を発表した。この小説は一地主の頽廃的な生活と、その息子の「性に目覚める頃」を描いて旧家の持つ暗さや悪を暴露しようとした作品だが、地方新聞の文芸欄から「親父のカサ気が息子に出た」ような小説と酷評され、「一朝めざむればわが名は世に高し」と意気ごんでいたかれをひどく落胆させた。しかし、かれはそんな評にもめげず、雑誌が発行されるたびに文壇知名の士には必ず贈呈し、宣伝につとめていた。

同じ年の夏休み上京したかれは、以前から心酔し、書簡のやりとりをしていた井伏鱒二を『細胞文芸』第三号を持って訪問したが、その時は会えず、空しく帰郷した。当時のかれの井伏への心酔ぶりは相当のもので、井伏の作品から、その生活があまり楽ではなさそうだ、という印象を受けていたことから、ある時など「まことに少額の為替など封入して」送り、「井伏さんから、れいの律儀《りちぎ》な文面の御返事をいただき、有頂《うちょう》天《てん》に」なっていたほどであった。そんな関係からか『細胞文芸』第四号に発表したかれの「彼等とそのいとしき母」は、どこか井伏の作品に似たニュアンスを持つ短編である。

『細胞文芸』は昭和三年の九月に発行された第四号で終わったが、その間、井伏をはじめ、舟橋聖一、吉屋信子、林房雄ら当時の新進作家の寄稿を受けて紙面を飾った。「偶像破壊」と題して、トルストイやゲーテを激しく攻撃した太宰を、女流作家の吉屋信子が「もっと謙虚な態度で勉強しなさい」とたしなめたり、左翼文壇の闘士として活躍していた林房雄が、猛烈な檄文《げきぶん》を寄稿したりしたのもこのころのことである。

同じ年の十二月、かれは弘前高校新聞雑誌部の編集委員に任命され、翌四年には小菅銀吉のペンネームで『弘高新聞』に「哀蚊《あわれが》」、「鈴打《りんうち》」などを発表した。それらの短編小説の中で、芥川龍之介の「雛《ひな》」を思わせる作品「哀蚊」は、旧家に住む神秘的な「婆様」の愛撫の中で、虚無に目ざめていく幼児の姿に託して、太宰の虚無的な人生観の芽生えを描いた作品であり、かれが自らいうように、その「生涯の渾沌《こんとん》を解くだいじな鍵と」もなり得る作品であった。

若き戦士

かれが高校の二年生になろうとしていた昭和三年の三月十五日、共産党員とその支持者千数百名が、全国各地で一斉に検挙されるという事件がおこった。いわゆる「三・一五事件」である。当時、異常な高まりをみせていたわが国の革命運動は各地の大学や高校に、さまざまな左翼団体を生んでいた。弘前高校にも左翼団体社会科学研究会（社研）の暗躍が始まっていた。かれが編集委員をしていた新聞雑誌部は、この社研と深いつながりを持つサークルであった。そういう雰囲気の中でかれは左翼文献に興味を持ち始めていた。かれはいう。

「やがて夢から覚めました。左翼思想が、そのころの学生を興奮させ、学生たちの顔が颯《さ》っと蒼白《そうはく》になるほど緊張していました。」(「おしゃれ童子」)

折も折、弘前高校に一大事件が突発した。校長の公費不正使用を偶然知った学生たちが、激怒して立ちあがり

「一、事件真相の発表。

二、学校当局の責任を問ふ。

(総務部並びに関係職員の責任を問ふ)

三、校友会自治権の確立。

四、学年試験の延期。」(「学生群」)

などという要求を掲げて、五日に及ぶ同盟休校を決行したのである。

この事件は間もなく、校長の依願免職という形をとって終わったが、社研の会員や新聞雑誌部の委員たちとともに、このストライキの積極的分子として活躍したかれの内には、過去の生き方を強く否定し、革命運動に一身を捧げよう、という決意が芽生え始めていた。

秘密の研究会に出席し、「同志」に紹介され、マルクス主義の講義をうけたかれは

「プロレタリヤ独裁。

それには、たしかに、新しい感覚があった。協調ではないのである。独裁である。相手を例外なくたた

きつけるのである。金持は皆わるい。貴族は皆わるい。金の無い一賤民だけが正しい。私は武装蜂起《ほうき》に賛成した。ギロチンの無い革命は意味が無い。」(「苦悩の年鑑」)

と思うようになっていた。そして作風も目立って変わっていった。昭和四年の九月には、ブルジョアジィの哀れな末路を描こうとした、かれ最初のプロレタリア小説「花火」を、小菅銀吉のペンネームで『弘高新聞』に発表し、翌十月の同紙には、大藤熊太といういかめしいペンネームで、プロレタリア文学への共鳴を表明した文芸時評「十月の創作」を発表した。

間もなく、青森の各文学団体を結集して、同人雑誌『座標』の創刊が決定されると、かれは同誌へ掲載するための作品「地主一代」の執筆を開始した。「地主一代」は暴虐無比な地主を描いて、地主階級の悪行を徹底的に暴露しようとした未完の長編である。この作品には、そんな兄の生き方に反抗して、貧しい人々と腕を組み合い、解放運動に立ち上がる弟も登場するが、当時のかれは、自らをこういうタイプの人間に変えていこうと努め続けていたのである。

だが、かれの懸命な努力も「大地主の子」という厳然たる事実の前には力弱いものでしかなかった。かれはいう。

「しかし私は賤民でなかった。ギロチンにかかる役のほうであった。私は十九歳の、高等学校の生徒であった。クラスでは私ひとり、目立って華美な服装をしてゐた。」

と。ついで、かれは死を決意した。「私はいよいよこれは死ぬより他は無いと思った」のである。そして昭和四年の十二月十日の夜半、常用していたカルモチンを大量に嚥下《えんげ》した。しかし、かれのこの試みは失敗に終わった。深い昏睡《こんすい》状態が続いた後、翌十一日の夕刻には意識を取り戻したのである。

そんなかれに

「死ぬには及ばない。君は同志だ。」

といったある学友は「私を『見込みのある男』として、あちこちに引っぱり廻した」という。

「地主一代」を昭和五年の一月から五月までの『座標』に、大藤熊太のペンネームで発表したかれは、引き続き、同誌に前年の同盟休校を素材とした作品「学生群」を連載した。「学生群」は彼等の闘いの経過と、その中で苦悩する若者たちの姿を、若々しくはちきれそうなはずんだ調子で描いた未完の長編である。そこには未来を信じて前進しようとしていたかれの青春の日々があざやかに刻みこまれている。やがてかれは、このような芸術運動に疑問を抱くようになり、次第に実践的な革命運動に接近していった。当時のかれのこのような変貌を、太宰は「学生群」に登場する学生のひとり「彼」の言動を通して明らかにしている。

「芸術運動は、階級闘争の輝ける逃避場である。芸術は、殊《こと》に文学は決して革命家を養成し得ない。浪漫的な、随《したが》って没落の見えすいた革命家をのみ作る。共鳴者《シンパサイザア》、之は文学に依《よ》っても作り得る。そして此の共鳴者の獲得は仲々必要である。だが、それには、文学よりも、もっと確かで、もっと地味な、そして何よりも、もっとく安価な方法がある。個人的な忍耐強い*プロパガンダ、その他、団体、集会等に於ける適度

＊　宣伝活動

の*アヂテーション等々。世に言ふプロ文学に依って我々インテリは少しの理論も教へられない。（中略）彼はそれからポツリポツリ、プロパガンダ、**カルチベーションなんぞの余り華《はな》やかでない仕事に関係し出した。貧窮して居る進歩的な生徒へは喜んで財政的支持を申し出た。」

上　京

弘前高校の文科を七十一名中第四十六番という成績で、昭和五年の三月卒業したかれは、四月には東京帝国大学文学部フランス文学科に入学し、三兄圭治の住居に近い、東京戸塚諏訪町の常磐《ときわ》館に下宿した。その前後についてかれは「東京八景」でつぎのようにのべている。

「私は昭和五年に弘前の高等学校を卒業し、東京帝大の仏蘭西《フランス》文科に入学した。仏蘭西語を一字も解し得なかったけれども、それでも仏蘭西文学の講義を聞きたかった。***辰野隆《たつのゆたか》先生を、ぼんやり畏敬《いけい》してゐた。私は、兄の家から三丁ほど離れた新築の下宿屋の、奥の一室を借りて住んだ。たとひ親身の兄弟でも、同じ屋根の下に住んで居れば、気まづい事も起るものだ、と二人とも口に出しては言はないが、そんなお互ひの遠慮が無言の裡《うち》に首肯《しゅこう》せられて、私たちは同じ町内ではあったが、三丁だけ離れて住む事にしたのである。」

そして、そのころの東京の印象を

*　煽動活動
**　教化活動
***　一八八八—一九六四　仏文学者。東京の人。

「東京に出てみると、ネオンの森である。曰く、フネノフネ。曰く、クロネコ。曰く、美人座。何が何やら、あの頃の銀座、新宿のまあ賑《にぎわ》ひ。絶望の乱舞である。」（「十五年間」）

と語っている。

上京して間もなく、かれはかねてから心酔していた井伏鱒二を訪問した。そして以前から写真で知っていた井伏さんの「渋くてこわくて、にこりともしない風貌にはじめて接して」安心し、長く師事しようと決めていた。その時のかれを、当の井伏鱒二はつぎのように語っている。

「私が太宰君に初めて会ったのは、昭和五年か六年頃のことで、太宰君が大学にはいった年の初夏であった。私に手紙をよこし、会ってくれなければ自殺すると私を威かくして、私たちの「作品社」の事務所へ私を訪ねて来た。ふところから短編を二つ取出して、いま読んでくれと言うので読んでみると、そのころ私と中村正常*が合同で「婦人サロン」に連載していた『ペソコ・ユマ吉』という読物に似た原稿であった。『これは君、よくない傾向だ。もし小説を書くつもりなら、つまらないものを読んではいけない。古典を読まなくっちゃいけない』と私は注意した。外国語が得意なのかと訊《き》くと、一向に駄目だと答えるので、それでは翻訳でプーシキン**を読めと勧《すす》めた。それから漢詩とプルースト***を読めと勧めた。」（「太宰君のこと」）

* 一九〇一～　小説家。東京の人。新興芸術派の作家として活躍した。

** 一七九九―一八三七　ロシアの詩人。小説家。作品に『エフゲニー・オネーギン』『大尉の娘』などがある。

*** 一八七一―一九二二　フランスの小説家。作品に『失はれし時を求めて』ほかがある。

この年の六月二十一日、異常な情熱をもってトルソオ（塑像）の創作にはげんでいた三兄の圭治が病死した。そして二学期になったころから、かれはほとんど授業に出なくなっていた。本郷、神田辺の左翼学生たちの「行動隊長」として「世人の最も恐怖してゐたあの日蔭の仕事に」平気で従事し、「武装蜂起」と聞いて買い求めた小さなナイフをレインコートのポケットに忍ばせて、あちこちととび回っていたのである。当時のかれの活動について友人の檀一雄は、かれからこんな話を聞いたことがあると記している。

「太宰が一度丁度この辺から図書館（東大の）の大建築を見上げながら、

「檀くん。ここの屋上から、星を降らせたことがある？」

「星？　星って何？」

「ビラさ」

「アヂビラか？」

「うむ」

「君やったの？」

「うむ。チラチラチラチラ、いいもんだ」……

そういえば学生行動隊のキャップの頃は、帝国ホテルと、材木屋の二階と、それから何だったか五、六軒のアヂトを持っていて、それらの部屋部屋を移り歩いていたと云っていた。」（『小説太宰治』）

と。また、太宰はある時はこんな夢想にふけったこともあったという。

「君、おぼえてゐるかね、かって、きみも、僕も、若き兵士、ロックフェラア図書館の屋上庭園から、庭前に寝そべって居る二、三十のオットセイ見下《みお》ろし、ラヂオのアンテナのポオル撫しつつ、このポオルの先端、真紅の旗ひるがへるも夢ではないぞ、と旗よりあかき彼等の頬、館長は、かの、サノマナブ。そのやうな、野望、打ち明け合って、……」(「二十世紀旗手・断片」)

文中の「サノマナブ」とは、当時の日本共産党の指導者佐野学のことである。

裏切り

昭和五年の秋、かれは弘前高校時代に知った女性小山初代を青森から呼び寄せた。そして、下宿とは別の場所に彼女のため一部屋を借りて住まわせた。故郷から急を聞いて駈けつけた長兄は、彼らに、将来必ず夫婦にするからと約束して、初代を田舎に連れて帰った。その前後について、かれは「東京八景」でつぎのようにのべている。

「そのとしの秋に、女が田舎からやって来た。私が呼んだのである。Hである。Hとは、私が高等学校へはひったとしの初秋に知り合って、それから三年間あそんだ、無心の芸妓である。私は、この女の為に、本所区駒形に一室を借りてやった。大工さんの二階である。肉体的の関係は、そのとき迄いちども無かった。故郷から、長兄がその女の事でやって来た。七年前に父を喪《うしな》った兄弟は、戸塚の下宿の、あの薄暗い部屋で相会うた。兄は、急激に変化してゐる弟の凶悪な態度に接して、涙を流した。必ず夫婦にしていただく条件で、私は兄に女を手渡す事にした。手渡す驕慢《きょうまん》の弟より、受け取る兄のはうが、数層倍苦しかったに違ひない。」

田舎に連れて帰られた初代は始終ぼんやりとしていた。「ただいま無事に着きました。」と記した葉書を一通、かれに寄せたきりでその後は何の連絡もなかった。かれは「日蔭の仕事」に奔走した。そして、やがてかれは「自分の其の方面に於ける能力の限度が、少しづつ見え」始めてきていることに気付いた。同じころかれは、初代との問題で津島家の人々から絶交に近い仕打ちを受けていた。かれはいう。「私には、すべての肉親と離れてしまった事が一ばん、つらかった。Hとの事で、母にも、兄にも、叔母にも呆《あき》れられてしまったといふ自覚が」私に非常な苦しみを与えていた、と。

同じ年の十一月二十六日の夜、銀座のカフェー「ホリウッド」の女給（本名田部シメ子・無名画家の妻）を知ったかれは、貧しい者同士のもつ親和感とかすかに動く恋情とを感じ、本所、浅草、帝国ホテル等で二人きりの時間を過ごしたのち、二十八日の夜、二人で「鎌倉の海に飛び込みました。女は、この帯はお店のお友達から借りてゐる帯やから、と言って、帯をほどき、畳んで岩の上に置き、自分もマントを脱《ぬ》ぎ、同じ所に置いて、一緒に入水し」た。そして女は死に、かれは救助された。この事件で、かれは自殺幇助《ほうじょ》罪に問われたが、取り調べの上、起訴猶予とされた。のちにかれが発表した「道化の華」「狂言の神」「虚構の春」等はこの事件を素材とした作品である。

翌六年の二月、約束を潔癖に守る長兄はかれの許に初代を送ってよこした。ある温泉町でわびしい結婚式をあげた二人は「五反田の島津公分譲地の傍に三十円の家を借りて住んだ。Hは甲斐甲斐《かいがい》しく立ち働いた。」

かれが二十二歳、初代が十九歳のころのことである。

同棲生活を始めてからも、かれの例の「日蔭の仕事」は続けられていた。授業には全く出席せず、あちこちと転居してばかりいた。昭和七年の春ころから、かれは朱麟堂と号して俳句をはじめ、句作にふけり始めた。そのころのかれのよんだ句に

　外はみぞれ何を笑ふやレニン像

という一句があるが、「レニン」はロシア革命の父レーニンのことで、この句からもうかがえるように、当時のかれの句には風流とは縁遠い感じのものが多かった。

同じころ、かれは「日蔭の仕事」のため、警察に留置されたことがあった。ついで、

「そのとしの晩春に、私は、またまた移転しなければならなくなった。またもや警察に呼ばれさうになって、私は、逃げたのである。こんどのは、少し複雑な問題であった。田舎の長兄に、出鱈目な事を言ってやって、二箇月分の生活費を一度に送ってもらひ、それを持って柏木を引揚げた。家財道具を、あちこちの友人に少しづつ分けて預かってもらひ、身のまはりの物だけを持って、日本橋・八丁堀の材木屋の二階、八畳間に移った。私は北海道生まれ、落合一雄といふ男になった。流石に心細かった。所持のお金を大事にした。どうにかならうといふ無能な思念で、自分の不安を誤魔化してゐた。明日に就いての心構へは何も無かった。何も出来なかった。時たま、学校へ出て、講堂の前の芝生に、何時間でも黙って寝ころんでゐた。」(「東京八景」)

そして、七月、裏切り者としての自己に激しい苛責《かしやく》を感じながら、かれは警察に出頭した。かれはいう。

「或る月のない夜に、私ひとりが逃げたのである。とり残された五人の仲間は、すべて命を失った。私は大地主の子である。地主に例外は無い。等しく君の仇敵《きゆうてき》である。裏切者としての厳酷なる刑罰を待ってゐた。撃ちころされる日を待ってゐたのである」(「狂言の神」)

と。また、「虚構の春」ではこういっている。

「私は或る期間、穴蔵の中で、陰鬱なる政治運動に加担してゐた。月のない夜、私ひとりだけ逃げた。残された仲間は、すべていのちを失った。私は、大地主の子である。転向者の苦悩? なにを言ふのだ。あれほどたくみに裏切って、いまさら、ゆるされると思ってゐるのか。」

この年の暮れ、かれは「重大事件」の取り調べのため呼ばれていた青森検事局に出頭した。こうしてかれの「日蔭の仕事」にはピリオドが打たれたのである。

処女作前後

遺書

大藤熊太のペンネームで「学生群」を発表してからほぼ二年近くの間、かれは創作とは縁を絶っていたが、昭和七年の八月、初代とともに静岡県静浦に約一カ月間滞在したころから、少しずつ筆を執るようになっていた。上京したかれらはこの年の九月、芝白金の邸宅の離れの一室に移転した。例の「日陰の仕事」の取り調べは一段落していたが、かれは「裏切者」としての自己に絶望し、「死ねば一番いいのだ。いや僕だけぢゃない。少なくとも社会の進歩にマイナスの働きをなしてゐる奴等は全部、死ねばいいのだ」と思いながら暮らしていた。初代は何事もなかったように元気になっていた。間もなくかれは遺書のつもりで「思ひ出」百枚を書き始めた。かれはいう。

「私は、少しづつ、どうやら阿呆から眼ざめてゐた。遺書を綴った。「思ひ出」百枚である。今では、この「思ひ出」が私の処女作といふ事になってゐる。自分の幼時からの悪を、飾らずに書いて置きたいと思ったのである。二十四歳の秋の事である。草蓬蓬《ぼうぼう》の広い廃園を眺めながら、私は離れの一室に座《すわ》って、めっきり笑を失ってゐた。私は再び死ぬつもりでゐた。」(「東京八景」)

と。けれども、この小さな遺書は意外な結果を招いた。こんなきたない子どももいました、という幼年及び少年時代の告白を綴り終えたかれは、その遺書が逆に猛烈な気がかりとなり、死にきれなくなった。「虚無に幽《かす》かな燈燭《ともし》がともった」。「思ひ出」一編だけでは、なんとしても、不満になって来たのである。次いでかれは遺書と称する一連の作品の執筆に没頭し始めた。何編か書きあげた作品を「大きい紙袋に、三つ四つと貯蔵した。次第に作品の数も増えて来た。私は、その紙袋に毛筆で、「晩年」と書いた。その一連の遺書の、銘題のつもりであった」。もうおしまいだ、という意味で「晩年」と題したのである。そして、その中の一編「列車」を昭和八年二月、太宰治というペンネームで、郷里の新聞『東奥日報』に発表した。翌三月には、同郷の友人今官一に誘われて加わった、同人雑誌『海豹』の創刊号に「魚服記」を発表し、四月からの同誌に、「思ひ出」を連載した。ともに一連の遺書「晩年」を形成する短編小説である。これらの作品でかれは新進作家として注目され始めたが、そんなかれを恩師井伏鱒二は、暖かくそして不安げな眼差《まなざ》しで眺めていた。その前後についてかれはつぎのように語っている。

「昭和八年、私が二十五歳の時に、その「海豹」といふ同人雑誌の創刊号に発表した「魚服記」という十八枚の短編小説は、私の作家生活の出発になったのであるが、それが意外の反響を呼んだので、それまで私の津軽訛《なま》りの泥臭い文章をていねいに直して下さってゐた井伏さんは驚き、「そんな、評判なんかになる筈は無いんだがね。いい気になっちゃいけないよ、何かの間違ひかもわからない。」

と実に不安さうな顔をしておっしゃった。

さうして井伏さんはその後も、また、いつまでも、或ひは何かの間違ひかもわからない、とハラハラしていらっしゃる。……「魚服記」を発表し、井伏さんは「何かの間違ひかもわからない」と言って心配してくれてゐるのに、私は田舎者の図々しさで、さらにそのとし「思ひ出」といふ作品を発表し、もはや文壇の新人といふ事になった。」(「十五年間」)

この年の二月、かれは杉並区天沼《あまぬま》三丁目に転居していたが、五月にはさらに、同じ天沼の一丁目に転居した。そして井伏宅で知った伊馬鵜平(春部)、中村地平らとしばしば会い、文学論を闘わせたり、自作を朗読し合ったりするようになっていた。同じころかれは、檀一雄を古谷綱武の紹介で知った。檀は初対面の太宰の印象を「酒は豪酒のようだった。額ににじんでいる汗を大きな麻のハンケチで拭って飲んだ。脂がうく額《ひたい》で、鼻が馬鹿に大きかった。声はよく響く。……煙草をパッパッとやたらにけぶす。それを灰皿の上で、ていねいにヒネリつぶす。然《しか》し眼は何処か夢見るふうだった。」と語っている。

翌九年の四月、古谷と檀一雄の編集で創刊された同人雑誌『鷭《ばん》』に、かれは「葉」を発表した。同じ月の『文芸春秋』に井伏鱒二の名で発表された「洋之助の気焔」は、前半を太宰、後半を井伏が書いた作品であり、かれ唯一の代作小説である。

そして晩秋、一連の遺書「晩年」を完成させたかれは、二十数編の中から十四編だけを選び出し、あとの作品を書き損じの原稿と共にきれいに焼いてしまった。

「「ね、なぜ焼いたの。」Hは、その夜、ふっと言ひ出した。

「要らなくなったから。」私は微笑して答へた。

「なぜ焼いたの。」同じ言葉を繰り返した。泣いてゐた。」(「東京八景」)

かれは身のまわりの整理を始めた。借りていた書籍はそれぞれ返却し、手紙やノートも屑屋《くずや》に売った。「晩年」の袋の中には、別に書状を二通こっそり入れて置いた。準備ができた様子であった。

だが、間もなくかれはある友人から雑誌を出さないか、と誘われた。「青い花」という誌名ならやっても良い、とかれは答えた。冗談から駒が出た。あちこちから同志が名乗りをあげた。そして『青い花』は十二月創刊と決まった。同人は檀一雄や山岸外史、詩人の中原中也らであったが、かれはこの雑誌に異常な情熱を傾けていた。檀の下宿に泊りこみ、表紙や奥付まで細かに検討し、瀟洒《しょうしゃ》なスタイルを作り上げた。自ら「ロマネスク」をも発表した。しかし『青い花』は創刊号を出したきりで終わった。かれはいう。

「私は謂《い》はば青春の最後の情熱を、そこで燃やした。死ぬる前夜の乱舞である。共に酔って、低能の学生たちを殴打した。穢《けが》れた女たちを肉親のやうに愛した。Hの箪笥《たんす》は、Hの知らぬ間に、からっぽになってゐた。純文芸冊子「青い花」は、そのとしの十二月に出た。たった一冊出て仲間は四散した。目的の無い異様な熱狂に呆《あき》れたのである。あとには私たち三人だけが残った。三馬鹿と言はれた。けれども此の三人は生涯の友人であった。」(「東京八景」)

「此の三人」とは、太宰、檀一雄、山岸外史のことである。当時、彼らは「からす組」と称して私娼窟玉の井で放蕩を続けていた。太宰の卒業試験は目前に迫っていた。

失　踪

友人たちと灯の町を歩きながら、太宰は、

「むなし、むなし。すべてはむなし。」

と、くり返しつぶやいていた。秩序ある生活と、アルコールやニコチンを抜いた清潔なからだを、純白なシーツに横たえる事とを、いつも念願にしていながら、かれは泥酔者として場末の露地をうろつき回っていたのである。可能性は絶無に近かったが、かれには大学を卒業したいという気持ちもあった。何とかかれを卒業させようと思案した友人の檀一雄は、井伏鱒二に書いてもらった仏文科講師中島健蔵宛《あて》の紹介状を手にして、太宰を連れて中島健蔵を訪ねた。研究室にはいった太宰は

「檀君。こういうところ、こわくない。胸が顫《ふる》えるねえ」

と心配そうにいっていたが、中島講師は気軽に会ってくれた。そして料理屋で待つようにといわれた彼らは、何となしにホッとした。間もなく中島健蔵があらわれた。オードブルが出、ビールが次々と泡をふいた。

「酔が廻るにつれて、はじめの意気込みは、消え失せるのである。卒業なぞ、どうでもよかった。ボードレール*。ベルレーヌ**。ランボー***。小林秀雄****等々と、太宰と私の怪気焔は、途方もない方向に逸脱して、

「じゃ、又やってき給え」

と云う、中島氏の声を、後ろの方でうわの空にきいた。」(『小説太宰治』)

と檀一雄は、その夜を回想している。

そして卒業間際の口述試験の時、主任教授の辰野隆が同席していた三人の教授を指さして

「この三人の先生の名前をいってごらん。君にいえたら、卒業できないこともない」

と親切にいってくれたが、太宰は一言も答えられなかったという。かれの卒業に関してはそれきりであっ

* 一八二一―六七　フランスの詩人。近代詩の祖。
** 一八四四―九六　フランスの象徴派を代表する詩人。
*** 一八五四―九一　フランスの詩人。近代散文詩の完成者。
**** 一九〇二―　評論家。東京の人。

た。

同じころかれは都《みやこ》新聞社の入社試験をも受けたが、友人の同社社員中村地平の力添えも空しく、見事に落第した。かれのしょげかたはひどかった。連日のように下宿の傍《かたわら》の汚ない「活動小屋」へ出かけて行って、「泣けるねえ」といいながら、大きなハンカチで、新派悲劇や股旅《またたび》ものに大粒の涙をこぼしていた。その前後をかれはつぎのようにのべている。

「三月、そろそろまた卒業の季節である。私は、某新聞社の入社試験を受けたりしてゐた。同居の知人にも、またHにも、私は近づく卒業にいそいそしてゐるやうに見せ掛けたかった。新聞記者になって、一生平凡に暮すのだ、と言って一家を明るく笑はせてゐた。どうせ露見する事なのに、一日でも一刻でも永く平和を持続させたくて、人を恐愕《きょうがく》させるのが何としても恐ろしくて、私は懸命に其の場かぎりの嘘をつくのである。……もちろん新聞社などへ、はひるつもりも無かったし、また試験にパスする筈《はず》も無かった。」

(「東京八景」)

昭和十年三月のことである。この月の十五日、かれは津島家から送ってもらったばかりの金を持ち、家を出て友人と銀座、浅草と遊び歩き、翌十六日、ひとり鎌倉へ向かった。鎌倉に着いたかれは、同郷の先輩作家深田久弥をぶらりと訪問した。深田宅で夫人—作家の北畠八穂と津軽弁で話し、鳥鍋で少量の酒を飲んだあと、かれは八時すぎに、熱海とか伊豆とかへ行く事になっているからといって、門を出た。

かれは死ぬつもりであった。「死ぬ時が来た」と思い、ひとり鎌倉に来たのである。そして、その夜、かれは八幡宮《はちまんぐう》近くの山中で縊死《いし》をはかった。かれは、泳げるから海で死ぬのはむずかしいと思い、かねて確実と聞いていた縊死を選んだのである。

そのころ、天沼の太宰の下宿先では、急を聞いて駆けつけた長兄文治や井伏鱒二らが、心配そうにかれの行方について話し合っていた。かれを探して熱海、三島と回ってきた檀一雄が天沼に帰り着くと、前後して太宰がフラリと戻ってきた。かれはただ黙していた。

「何も語らない。首筋に熊の月の輪のように、縄目の跡が見えていた。

「銭湯にでもゆかないか？」

「うん」と太宰は肯《うなず》いている。二人で直ぐ裏の銭湯に出掛けて行った。浴客は全くいなかった。二人で浴槽の縁に並んで腰を下し、黙《だま》って閑散な真昼の陽射を浴びるのである。

裸で見ると、太宰の体は畸型のように頭と鼻ばかり大きかった。背は猫のように反り、胸毛が、黒く垂れていた。薄い鳩胸だった。首筋にむごい例の月の輪がかかっている。」（『小説太宰治』）

両足が水面から屈折して、新しい悲しみを誘った。この扁平な胸が、どうして地上の生の愉悦《ゆえつ》をむさぼり得るか、かれの消耗は自然のものだと思った、と檀一雄はいっている。

パビナール中毒

自らの運命を、自らの手で規定しようとして失敗し、鎌倉から戻ってきたかれは、優しくいたわってくれる師の井伏鱒二や友人たちの温情の中で、呆然としていた。だが、すぐ続いて、思いがけない運命がかれを待っていた。天沼に戻ってから十数日がたったころ、かれは突然激しい腹痛に襲われた。一昼夜、湯たんぽで温めながら激痛をこらえ、失神しかけて近くの外科、篠原医院に運ばれたかれは、すぐ手術された。手術してから二日目にかれは血を吐いた。以前から悪くしていた胸部の病気が、急におもてにあらわれたのである。かれは虫の息になった。医者にも見放された。しかし「悪業の深い私は、少しずつ快復して」いた。けれども切開された腹部の痛みは激しかった。かれは痛みをおさえる注射をしきりに要求した。朝夕のガーゼの詰めかえの時は、特に激しく痛んだ。かれがあまり大声を出すので、医者もやむを得ず、三度に一度は麻痺剤パビナールを注射した。パビナールの注射がくり返された。やがて、かれはパビナールが無ければ眠られなくなってしまった。篠原医院に一月ほど入院して、腹部の傷も癒《ゆ》着したころ、かれは伝染病—結核患者として世田谷の経堂病院に移された。この病院の院長は、かれの長兄の友人であったことから、かれは特別大事にされた。かれは病室を二つ借り切って、家財道具を運びこみ、初代と共に病院に移住した。しかし、間もなくこの病院は組織が変わり、患者たちは皆追い出されることになった。長兄や院長のすすめもあって、かれは転地療養を決心した。

そして七月、かれは千葉県船橋に移転した。船橋の町のはずれに新築の家を一軒借りて住み始めたかれは、一日中藤椅子《とういす》に寝そべったり、朝夕は細いステッキをついて軽い散歩をしたりする、という日課をくり返していた。一週間に一度は東京からやって来る医者の往診もあった。

しかし、かれのパビナール中毒は、激しくなる一方であった。肉体的な苦痛のためというよりも、かれ自らの内の、不安や焦躁感を消すために、薬品を用いていたのである。当時をかれは「私には侘《わび》しさを怺《こら》へる力が無かった。船橋に移ってからは町の医院に行き、自分の不眠と中毒症状を訴へて、その薬品を強要した。のちには、その気の弱い町医者に無理矢理、証明書を書かせて、町の薬屋から直接に薬品を購入した。気が附くと、私は陰惨な中毒患者になってゐた。」

と「東京八景」でのべている。

同じころ船橋にかれを見舞った檀一雄は、当時のかれの散歩姿は、

「まるで悪魔に捉《とら》えられた囚人のようだった。

「何にも見るな。何にも聞くな。ただ、巧言令色であれ」

と、太宰は口癖《くちぐせ》のように云って、例の細い竹の杖を、鞭《むち》のように振り振り、よろけ歩いていた。」(『小説太宰治』)

と記している。

かれの生活費は長兄からの送金でまかなわれていた。しかし、その送金には、一日に四十筒近くも打っていたパビナール代は含まれてはいなかった。金に窮したかれは、心当たりの友人知人のすべてから、借りられるだけの金は借りつくし、とうとう「イノチノツナ」「テヲアワセル」などという電報を打つようになっていた。この年の秋頃から、時おり東京にあらわれるかれの姿は狂人に近かった。その時期、「私は、日本一の陋《ろう》劣《れつ》な青年になってゐた。十円、二十円の金を借りに、東京へ出て来るのである。雑誌社の編集員の面前で、

泣いてしまった事もある。あまり執拗《しっこ》くたのんで編集員に吸鳴られた事もある。」とのちにかれは回想している。

芥川賞候補

かれが陰惨な中毒状態を続けている間に、友人たちの奔走によって、例の紙袋の中の「遺書」は二つ、三つといい雑誌に発表されていた。そして、昭和十年の八月、この年設定されたばかりの第一回芥川賞候補に、かれは同年二月の『文芸』に発表した「逆行」をもって推された。

そのころのかれは、文壇からは「才あって徳なし」と評されており、かれ自らは「徳の芽あれど才なし」と信じていた。だが、芥川賞の銓衡《せんこう》過程で、選者の川端康成から「道化の華」の作者の生活には、目下「厭《いや》な雲ありて、才能の素直に発せざる憾《うら》み」ありと評されたかれは、憤怒に燃え、幾夜も寝苦しい思いをした。そして川端に「小鳥を飼い、舞踏を見るのがそんなに立派な生活なのか」と応じ、「ふとあなたの私に対するネリルのやうな、ひねこびた熱い強烈な愛情をずっと奥底に感じた」と書いて抗議した。かれの作品と言動をめぐって激しい罵倒《ばとう》や強い支持の言葉が乱れとんだ。芥川賞の選者の中にも太宰を推した人が二人ほどいた。だが、第一回芥川賞は石川達三の「蒼氓《そうぼう》」と決定した。太宰は高見順らとともに次席となったのである。

その間、かれは希望と不安とが交錯《こうさく》する日々を過ごしていた。次席となった芥川賞への執着も強かった。逆上したかれのパビナール中毒は一層進み、借金は増大の一途をたどっていた。万策つきたかれは、雑誌社に出かけて行って原稿料の前借りを頼んで回った。ある雑誌社の廊下では、袴をつけたまま土下座して、どうか小説を書かせて下さい、と額を床にすりつけるようにして頼んだこともあったという。

この年の八月、かれは親友の山岸外史に伴われて佐藤春夫を訪問した。以後かれは佐藤春夫にも師事したが、佐藤春夫もこの弟子には大分悩まされたようである。

パビナール中毒を続けているかれを心配した佐藤は、山岸外史を船橋にやって様子をさぐらせていたが、昭和十一年の二月、とうとうかれを芝の済生会病院に入院させることにした。

済生会病院に入院したかれは、ひどくわがままな患者であった。佐藤春夫は「芥川賞」でつぎのようにのべている。

「弟（佐藤春夫の弟で医師の秋夫）の話で、彼を病院へ入院させた。それが有料患者で医員の家族として入院したのだから、科は異ふが、今まで二、三の人も入院して誰一人不満をいふ人もなかったのに、太宰は毎日不平満々のはがきで、弟から聞くと、太宰が不満な以上に病院では主治の医師から看護婦や炊事婦まで大ぶん手こずってゐるらしい有様を聞いて、自分は別に頼まれもせぬ世話を焼いて、つまらぬ事をしたと後悔したものであった。それでも我慢がならぬから今にも脱出するやうなはがきを二、三度もよこしたが、最後までともかく病院にゐて、中毒症は全治したらしかった。」

だが、かれは入院中、ひそかに脱出して浅草にも行っていたし、パビナールをも打っていた。

佐藤春夫は芥川賞の銓衡《せんこう》委員でもあったが、太宰の芥川賞への執着は異常なもので、第二回、第三回と芥川賞の銓衡のつど、佐藤春夫に泣訴状を送っていた。当時のかれについて佐藤春夫はつぎのようにのべている。

「第二回の授賞者無しですんだ時には、自分は救われたような気がした。しかし直ぐ第三回の時期になって自分は全くやり切れなくなった。太宰からの日文夜文は、数枚つづきのはがき、或は巻紙一枚を書きつぶしたもの、しまいには手に取り上げて見るのも忌《いま》わしい気持であった。一途といえば一途な、しかし自尊心も思慮もまるであつたものでない泣訴状が、芥川賞を貰《もら》ってくれと自分をせめ立てるのであった。」

同じころ、かれは『文芸春秋』に船橋の家で書いた「ダス・ゲマイネ」を発表し、『新潮』には「めくら草紙」を載《の》せ、新進作家としての地位を確立した。

また、昭和十年の暮れには、当時朝鮮の京城にいた作家志望の青年、田中英光との手紙による交遊が始まっていた。

HUMAN LOST

済生会病院を全治しないまま退院したかれは、砂子屋書房から刊行が予定されていた処女創作集『晩年』を完成させようと熱意を燃やしていた、表紙、装幀、奥付とさまざまなサンプルを探してきてはあれこれと考え、口絵には自らの写真を挿入するよう強く希望した。『晩年』は、「二・二六事件」に象徴されるような暗い出来事などもあって、なかなか刊行の運びとはならなかったが、ようやく昭和十一年六月二十五日、砂子屋書房から出版された。

『晩年』の表紙

かれの喜びは大きかった。檀一雄が持参した刷りあがりの『晩年』を座敷一杯にひろげて、贈呈本には相手によって趣向をこらした、とっておきの文句をいちいちしたためた。亀井勝一郎には、筆で大きく「朝日を浴びて、赤いリンゴの皮をむいてゐる、ああ、僕にもこんな一刻。」と書き、檀には、

生くることにも心せき
感ずることも急がるる

というロシアの詩人プーシキンの詩の一節を献辞した。

出版記念会は七月十一日と決まった。場所の選定には「芥川龍之介が何処、谷崎潤一郎が何処、佐藤春夫先生が何処」と大分迷ったすえ、上野の精養軒に決定した。

その日、かれは白麻の絣《かすり》に、絽《ろ》の袴をつけて会場にやって来て、蒼白になりながら入口で白足袋に履《は》き変えた。大分早く会場に着いていた佐藤春夫は待ちくたびれていた。佐藤春夫や井伏鱒二、亀井勝一郎らのスピーチに答えて、かれの挨拶があったが、かれは立つこともできず、友人に支えられてやっと立ち、テーブルに両手をおいてうなだれ、口ごもりながら何かいったが、何といったか誰も聞きとれなかった。かれは静かに涙を流しながら、感謝の心をあらわしていたのである。

この年の八月かれは、パビナール中毒と結核とを癒《いや》そうと、ひとり谷川温泉に行った。そしてそこで第三回芥川賞に落ちたことを知って再び激しいショックを受け、ほぼ一月で船橋に帰った。この前後、かれは「虚構の春」「狂言の神」「創生記」などの作品を発表しているが、十月、井伏鱒二らの勧《すす》めによって板橋の武蔵野病院に入院することに決まった。井伏鱒二はかれに「僕の一生のお願いだから、どうか入院してくれ」といったが、船橋の家に強い愛着を持っていた太宰は、なかなか応じようとはしなかった。そして、いよいよ家を出ると決まった日、かれは

「たのむ！　もう一晩この家に寝かせて下さい。玄関の夾竹桃《きようちくとう》も僕が植えたのだ。庭の青桐も僕が植えたのだ。」（「十五年間」）

といって、手放しで泣いてしまったという。病院に着き、ある病棟に入れられ、ガチャンと鍵をかけられたかれは、そこが精神病院であることを初めて知った。そして、それを知ったかれの驚きと悲しみ、かれは親しい友人たちから「廃人」という刻印を額に打たれたのである。『人間失格』にはつぎのように記されている。

「いまはもう自分は、罪人どころではなく、狂人でした。いいえ、断じて自分は狂ってなどゐなかったのです。一瞬間といへども、狂った事は無いんです。けれども、ああ、狂人は、たいてい自分の事をさう言ふものだそうです。つまり、この病院にいれられた者は気違ひ、いれられなかった者は、ノーマルといふ事になるやうです。

神に問ふ。無抵抗は罪なりや？

堀木のあの不思議な美しい微笑に自分は泣き、判断も抵抗も忘れて自動車に乗り、さうしてここに連れて来られて、狂人といふ事になりました。いまに、ここから出ても、自分はやっぱり狂人、いや、廃人といふ刻印を額に打たれる事でせう。

人間、失格。

もはや、自分は、完全に、人間で無くなりました。」

そして、その入院は、かれの心に生涯いやすことのできない深い傷として残った。かれはいう。

「このたびの入院は私の生涯を決定した。」（「碧眼托鉢《へきがんたくはつ》」）

水上へ

武蔵野病院に一月ほどいて、秋晴れの日、退院を許されたかれは、迎えに来ていた初代とともに、天沼の新居、昭山荘というアパートに移った。そこで、その夜からかれは『新潮』のため「HUMAN・LOST」の執筆を始めた。ついで十日ほどしてひとり熱海に向かい、『改造』から依頼されていた「二十世紀旗手」を書きあげた。この間、かれは熱海で遊蕩《ゆうとう》のかぎりを尽くした。宿と居酒屋と遊女屋への莫大な借金が払いきれず、上京もできなくなり、東京から呼び寄せた檀一雄を宿に身代わりとして残し、金策に上京した。しかしかれには金策がつかず、結局、佐藤春夫と井伏鱒二に迷惑をかけてしまった。

翌昭和十二年の早春、かれは友人のある洋画家から意外な相談を受けた。かれの入院中に初代とその男とは、哀《かな》しい間違いを犯していたのである。二人は一緒にして欲しいと歎願した。その話を聞いたかれは「窒息しそうになった」。初代は、男と一緒にかれの前に膝をそろえてかしこまり、その男との情事を残らず告白し「許してね」といった。そして、一緒にして下さいともいった。かれは、三人のうちでは最年長であるから、落ちついて、りっぱな指図をしたいと思ったが、あまりのことに狼狽《ろうばい》し、おろおろするばかりであった。

しかし、間もなく男は、初代を避けるようになった。太宰の内には、その男を憎む気持ちが強くなっていた。半面、無邪気な初代を憐《あわ》れむ気持ちも湧いていた。

「ゆるすも、ゆるさぬもありません。ヨシ子は信頼の天才なのです。ひとを疑ふ事を知らなかったのです。しかし、それゆゑの悲惨。

神に問ふ。信頼は罪なりや。

ヨシ子が汚されたという事よりも、ヨシ子の信頼が汚されたといふ事が、自分にとってそののち永く、生きてをられないほどの苦悩の種になりました。自分のやうな、いやらしくおどおどして、ひとの顔いろばかりを伺ひ、人を信じる能力が、ひび割れてしまってゐるものにとって、ヨシ子の無垢《むく》な信頼心は、それこそ青葉の滝のやうにすがすがしく思はれてゐたのです。それが一夜で、黄色い汚水に変ってしまひました。見よ、ヨシ子は、その夜から自分の一顰《ぴん》一笑にさへ気を遣ふやうになりました。

「おい。」

と呼ぶと、ぴくっとして、もう眼のやり場に困ってゐる様子です。どんなに自分が笑はせようとして、お道化を言っても、おろおろし、びくびくし、やたらに自分に敬語を遣ふやうになりました。

果して、無垢の信頼心は、罪の源泉なりや。」

と、かれは『人間失格』でのべている。

ついで二人は死を決意した。ふたりで一緒に死のう、神さまだって許してくれる、と二人は、仲の良い兄妹のように水上《みなかみ》へ向かった。水上の宿で初代は宿の老婆に娘のように甘えた。一泊したあと彼らは宿を出た。周囲には雪が深く残っていた。かれは睡眠薬だけでは、なかなか死ねないことを知っていた。そこで
「そっと自分のからだを崖のふちまで移動させて、兵児帯《へこおび》をほどき、首に巻きつけ、その端を桑に似た幹にしばり、眠ると同時に崖から滑り落ちて、さうしてくびれて死ぬる、そんな仕掛けにして置いた。まへから、そのために崖のうへのこの草原を、とくに選定したのである。眠った。ずるずる滑ってゐるのをかすかに意識した。

寒い。眼をあいた。まっくらだった。月かげがこぼれ落ちて、ここは？――はっと気附いた。」（「姥捨《うばすて》」）

そして「生き残った。」と思った。かれは、この上は初代を死なせてはならないと思った。はいまわって初代を探した。探しあてた初代には、かすかに脈搏が感じられた。それを知ったかれは再び昏睡《こんすい》した。

突然、初代が叫んだ。

「をばさん、いたいよう。胸がいたいよう。」

と。その声は笛の音に似ていた。

「をばさん。寒いよう。火燵《こたつ》もって来てよう。」

と初代は再び高く叫んだ。近寄って初代を見ると、月光に照らされた彼女は

「もはや、人の姿ではなかった。髪は、ほどけて、しかもその髪には、杉の朽葉が一ぱいついて、獅子の精の髪のやうに、山姥《やまうば》の髪のやうに、荒く大きく乱れてゐた。」(「姥捨」)

かれは、ああもういやだ。この女はおれには重すぎる。いいひとだがおれの手にはあまる。おれの力で尽くせるところまでは尽くした。もう別れよう、とその時はっきり決心した。

上京して間もなく、初代は故郷の青森に帰っていった。

独居

この年の六月、かれはひとり天沼一丁目の鎌滝方に移った。自炊生活を始めたのである。当時をかれは「東京八景」でつぎのようにのべている。

「私は、ひとりアパートに残って自炊の生活をはじめた。焼酎《しょうちゅう》を飲むことを覚えた。歯がぼろぼろに欠けて来た。私は、いやしい顔になった。私は、アパート近くの下宿に移った。最下等の下宿屋であった。私は、それが自分に、ふさわしいと思った。これが、この世の見をさめと、門辺に立てば月かげや、枯野は走り、松は佇《たたず》む。私は、下宿の四畳半で、ひとりで酒を飲み、酔っては下宿を出て、下宿の門柱に寄りかかり、そんな出鱈目《でたらめ》な歌を、小声で呟《つぶや》いてゐる事が多かった。二、三の共に離れがたい親友の他には、誰も私を相手にしなかった。」

この前後、かれは井伏鱒二らと三宅島へ行き、一週間ほど滞在したり、檀一雄らと「青春五月党」というグループを作り、女子美術学校の学生たちとあちこちと遊び回ったりしていたが、何も書けなくなっていた。このころからのほぼ一年半、かれはわずかな随筆を発表したほかは、ほとんど筆を断っている。

当時、かれは津島家からの送金に頼ってくらしていたが、月三回に分けて送ってくるその送金方法に不満を抱いていた。

そして

「せめて一回に纏《まと》めて送ってくれるといいんだがね。」

と、こぼしてばかりいた。

この年の七月には日華事変が始まり、非常時ということばがあちこちでささやかれていた。が、鎌滝の下宿には、友人の檀一雄や山岸外史のほか、作家志望の青年たちが毎日のようにあらわれていた。長尾良、塩月赳、緑川貢といった人々が、その常連であった。そういう青年たちと、かれは毎日を、午後は将棋、夜はトランプで過ごしていた。

月に一度、津島家から監督を頼まれていた津島家出入りの商人北芳四郎が、下宿の様子を見に来る時は大変だった。青年たちに何回も何回も部屋中を掃かせ、床の間から畳まで雑巾がけをさせた。掃除が終わると、かれ唯一の道具であった机を部屋の中央に置いて太宰が正座する。そして墨黒々と

「一心不乱」

と書いて、壁にとめる。準備を終えて時間が少しでもあると将棋を始める。ある時、いつでも逃げられるように駒を手にもって将棋をしていた彼らは逃げそびれてしまった。太宰があわてて「屋根、屋根」と窓の方を指さしたので、長尾良は、将棋盤を持って窓から屋根の上にとび降りた。そして長尾は「まさか太宰の窓の下に隠れているわけ」にもゆくまいと思い、隣の部屋の窓の下まで歩いていった。だが、真夏の屋根は瓦が焼けていて熱かった。

「私はフー、フーと言いながら将棋盤を頭上に棒げたまま、足を片足ずつ上げたり下したりしていた。」

と、長尾は『太宰治その人と』でのべている。

太宰は津島家への報告を、少しでも良くしようと苦心していたのである。

その監督者よりも、太宰にとって怖かったのは井伏鱒二である。ある時将棋をしていると、突然井伏が下宿をたずねて来た。井伏の姿を認めるとかれは、まるで行儀のよい中学生のように両手を膝の上にのせ、うなだれてかしこまった。

「これじゃァボク、責任持てないね、太宰君」

と井伏に説教されたかれは、大粒の涙をボタボタ落として泣いていたが、やがて、子どものように、両手で眼をこすりながら啜《すす》り泣きを始めた。その夜太宰の部屋に泊まった長尾が、深夜ふと目をさますと、

「一緒に眠っていた筈《はず》の太宰が、床の中で起きて煙草を喫っていた。

「眠れないかい」

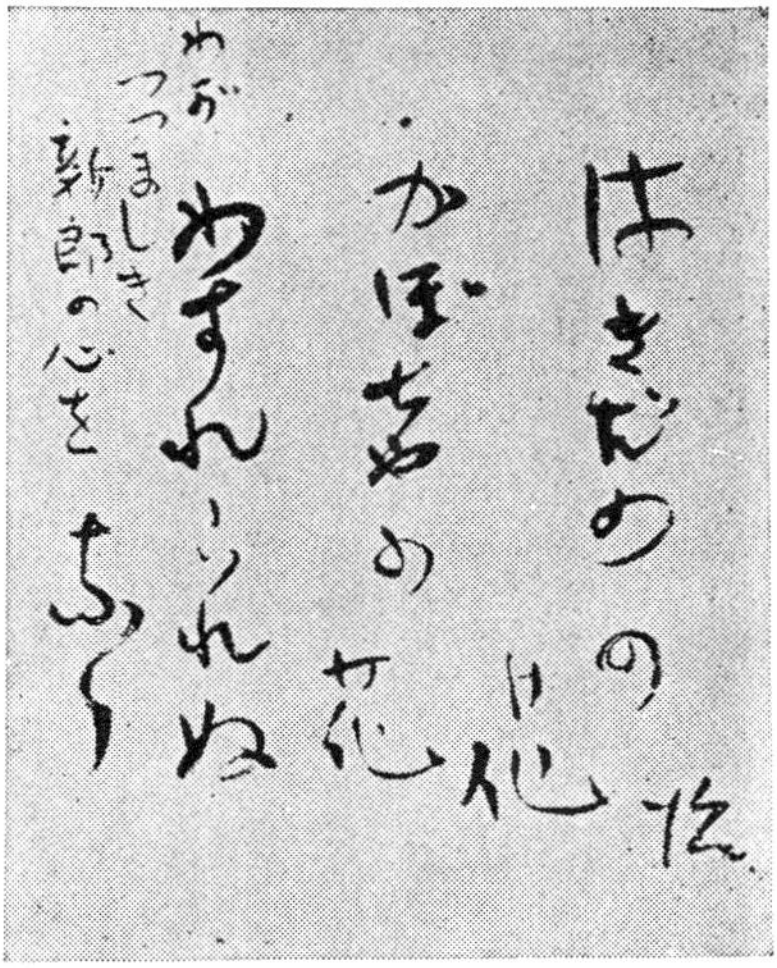
田中英光に与えた色紙

と、私に訊《たず》ねただけで、スパ、スパ、スパ、音を立てながら頻《しきり》に煙草を喫《す》っていたが、白いシーツの上に横たわって静かに息づいている太宰の軀が何となく泣いているように見えてならなかった。」(『太宰治その人と』)とのべている。

　そのころ京城にいた田中英光から太宰のところへ五、六百枚ほどの大長編小説が送られて来ていたが、太宰はこの田中を弟のように愛していた。田中が昭和十一年に京城で結婚式をあげた時には、赤い四角の色紙に「はきだめの花、かぼちゃの花、わすれられぬなり、わがつつましき新郎の心を」という一句を書いて送ったほか、その後も、自作の載《の》った雑誌や単行本を送っていた。昭和十三年の冬、この田中が鎌滝へ太宰をたずねた際、かれの部屋には探偵小説の類が散乱していたきりで、部屋の中はからっぽだったという。

　昭和十二年、ひとり鎌滝に住んでいた太宰は、『虚構の彷徨《ほうこう》、ダス・ゲマイネ』と『二十世紀旗手』の二冊を単行本として刊行したが、同じころ、親友の檀一雄は召集された。

戦火の中で

転機　昭和十三年、太宰の生活に転機がおとずれた。かれは「生きよう」と思った。故郷では不幸が続いていた。代議士に当選した長兄は選挙違反で起訴された。姉が死んだ。甥《おい》も従弟も死んだ。相続く肉親の不幸が「寝そべってゐる私の上半身を、少しづつ起してくれた」。故郷からの送金も、この年限りで打ち切られることになっていた。そして鎌滝の生活で、かれは次第に健康をとり戻しつつあった。

かれは「その三十歳の初夏、はじめて、本気に文筆生活を志願した」。何一つ道具の無い四畳半の下宿の部屋で、かれは懸命に書いた。下宿の夕飯が残ると、こっそり握りめしを作っておいて、深夜の仕事の空腹に備えた。そんなかれを井伏鱒二は激励し続けていた。かれは初代との水上行きを素材とした「姥捨」を書いた。「姥捨」はこの年十月の『新潮』に発表された。同じ月の『文筆』には「満願」を発表した。下宿も変えようと決心していた。「姥捨」の原稿料で質屋からよそ行きの着物一枚を受け出したかれは、井伏鱒二が滞在していた甲府御坂《みさか》峠の天下茶屋へ向かった。かれは「さらに思いをあらたにして、長い小説にとりかかるつもりで」あった。

この少し前、太宰が鎌滝で無為な日々を送っていたころ、北芳四郎と中畑慶吉の二人が井伏鱒二をたずね、太宰に妻帯させたいと思うが、と相談したことがあった。中畑は北同様、津島家に出入りしていた人で、かれのことを何かと心配していた昔気質の男である。二人は太宰に妻を持たせないと、再び生活が崩《くず》れる心配があると警戒し、太宰が心服していた井伏鱒二に、何とか力になってもらいたいと思い、相談に来たのである。

井伏宅で、まず中畑が改まった口調で「今日は太宰の結婚の件について御相談にまいった。」と言った。北も改まった風で、「修治さんに意中の女はないだろうか」とたずねた。井伏は、「どういうものか太宰には女友達がないようだ。」と答えた。

「修治さんのおばあさんも、姉さんも、そのこと御心配でした。ところがですな、嫁御さんを郷里で探《さが》すわけにも参りません。」

と北が言った。つづけて

「以前、修治さんの鎌倉事件があってから、兄さんは世間に遠慮しています。あらゆる名誉職と、幾つもの銀行会社の重役の位置をしりぞいたんです。十年間謹慎すると発表したのです。悲壮な決心でした。そこへもって来て、また同じような事件があったので、郷里で捜すことは遠慮しなくちゃいけない。私どもは、そういう意向です。」

と言った。井伏は、ともかく捜してみようと答えた。

依頼を受けた井伏鱒二は、八方手を尽くして太宰の「お嫁さん」を捜した。間もなく甲府市に住む斉藤という人の奥さんが、友人の娘さんの写真を井伏宅に送って寄こした。こんなことがあって井伏は、太宰をそれとなく甲府に誘ったのである。

御坂峠についた太宰は、井伏の案内で茸狩《きのこが》りに出かけた。三ツ峠にも登った。そして間もなく、甲府の斉藤文二郎宅で娘さんと見合いをした。相手の娘さんは、太宰との縁談の話が出ると、佐藤春夫の「芥川賞」を読み、こんな人と結婚するのはいやだ、と云っていたが、井伏鱒二が親代わりになるからとにかく見合いを、というわけで見合いしたのである。当日、井伏はつきそいとしてついて行ったが、バスが無くなるからという口実を設けてすぐ席を立った。「ハア」と答えた太宰は

「目のたまが吊りあがって、両手をだらんと垂れていた。緊張のあまり、からだの力が抜けてゐたのかもわからない。

「まあ、なんて子供っぽいかたなんでせう。」

斉藤さんの奥さんは、外に出てからつくづく驚いたやうにさう云った。」(「亡友」)

と井伏鱒二は記している。一方、室内での太宰は娘さんを見ることもできなかった。長押《なげし》にかけられた富士の写真を、ふと見上げたすきに、かれは娘さんをちらと見た。そして

「きめた。多少の困難があっても、このひとと結婚したいものだ」と思った。

この娘さんは名を石原美知子といい、そのころ都留《つる》高等女学校の教師をしていた。

井伏鱒二が帰京してからも、かれはひとり御坂峠に残り、長編小説「火の鳥」を、少しずつ書き進めていた。

結婚

ある日、かれは両手いっぱいの月見草の種子を宿の庭に播いた。そして、

「いいかい、これは僕の月見草だからね、来年また来て見るのだからね、ここへお洗濯の水なんか捨てちゃいけないよ。」

と宿の娘に言った。そのころ、かれは

「富士には月見草がよく似合ふ。」

と思いこんでいた。御坂峠に向かうバスの窓から、チラッと見た黄金色の月見草の花びらひとつが、かれの目には花弁もあざやかに消えず残っていたのである。

「三七七八米の富士の山と、立派に相対峙《あいたいじ》し、みぢんもゆるがず、なんと云ふのか、金剛力草とでも云ひたいくらゐ、けなげにすっくと立ってゐたあの月見草は、よかった。富士には、月見草がよく似合ふ。」

（「富嶽百景」）

同じころ、かれの結婚話は一頓挫《とんざ》のかたちであった。津島家から、全然援助がないとはっきりわかったからである。かれは甲府の石原家に出向いて、母堂と娘さんに一部始終を話し、生家では「おまへひとりでやれ」という意向だと告げた。母堂は品よく笑いながら、

「私たちも、ごらんのとほりお金持ではございませぬし、ことごとしい式などは、かへって当惑するやう

なもので、ただ、あなたおひとり、愛情と、職業に対する熱意さへ、お持ちならば、それで私たち、結構でございます。」

と答えた。それを聞いたかれは、お辞儀するのも忘れて、しばらく呆然《ぼうぜん》と庭を眺めていた。眼頭の熱くなるのを意識した。この母に、孝行しようと思った。その夜、かれは井伏鱒二に宛ててつぎのように書いて送った。

「井伏様、御一家様へ。手記。

このたび石原氏と約婚するに当り、一礼申し上げます。私は、私自身を、家庭的の男と思ってゐます。よい意味でも、悪い意味でも、私は放浪に堪へられません。誇ってゐるのでは、ございませぬ。ただ、私の迂愚《うぐ》な、交際下手の性格が、宿命として、それを決定して居るやうに思ひます。小山初代との破婚は、私としても平気で行ったことではございませぬ。私は、あのときの苦しみ以来、多少、人生といふものを知りました。結婚といふものの本義を知りました。結婚は、家庭は、努力であると思ひます。厳粛な、努力であると信じます。浮いた気持は、ございません。貧しくとも、一生大事に努めます。ふたたび私が、破婚を繰りかへしたときには、私を、完全の狂人として、棄てて下さい。以上は、平凡の言葉でございますが、私が、こののち、どんな人の前でも、はっきり云へることでございますし、また、神様のまへでも、少しの含羞《はにかみ》もなしに誓言できます。何卒《なにとぞ》、御信頼下さい。

昭和十三年十月二十四日

津島修治（印）」

手紙を受けとった井伏鱒二は、しばらくして婚約の式のため御坂峠へ出掛けて行った。そして宿にかれをたずねたが、かれは不在だった。

「二階にあがってみると、室内はきちんと片づいてゐた。机の上のインク壺と並べ、サイダー瓶にドウダンの小枝が活けてあった。太宰が好んで使ってゐた金Gをはめたペン軸の下に、くびれの浅い大型の山楓の葉が一枚敷いてあった。朱色の葉であった。

一見、若い女性の机上風景とも受取れる。私は意外な感に打たれた。しかし可憐な感じの机上風景である。太宰がこの山の宿で、しみじみと秋色を楽しんでゐるらしいと判断できた。荻窪の鎌滝にゐたころの室内とくらべ、全く別人の住まってゐる部屋に見えた。」（「亡友」）

昭和十三年十一月六日、太宰は井伏鱒二を親代わりに石原美知子と正式に婚約し、甲府西堅町の寿館に移った。

そして翌十四年の一月八日、東京杉並の井伏宅で、太宰こと津島修治と石原美知子との結婚式が井伏鱒二夫妻の媒酌で行なわれた。美知子の姉山田夫妻、北、中畑の二人も同席した。中畑は「はじめましょう、はじめましょう」と、式を急がせた。かれと美知子とは、井伏から結婚のしるしの杯をいただいた。北と中畑の心づくしの料理が置かれていた。北は「このたびの着物も袴も、中畑さんが寄附を集めて作って下さったのですよ」と、中畑に功をゆずった。皆の祝福を受けたかれは、

結婚式の治夫妻（右端は井伏鱒二）

「このたびは、もう、なんと申していいか、わかりませぬ。

……

お礼はとても云ひつくせません。

今後をぢっと見てゐて下さい。

私は恩義わすれぬ男です。

骨のある男です。

からだを大事にして、立派に自身の才能、磨きあげて、お目にかけます。」

と、心中深く誓っていた。

小さな幸福

結婚式をあげたふたりはすぐ甲府に戻り、同市御崎町に新居をかまえた。甲府の町はずれの新居は八畳、三畳、一畳の小さな家だった。前にささやかな庭があり、花壇があって、大きなバラがアーチみたいに植わっていた。陽当たりの良い家で、横手は桑畑、街の騒音から遠く、一日中ひっそりとしていた。かれのからだの調子も良かった。訪問客もあまりなかった。

間もなくかれは『国民新聞』の短編小説コンクールに出品するため、「黄金風景」にとりかかった。この作品は、かれが少しのよどみもなく口述するのを、夫人が筆記した作品で、太宰は途中でも、終わってからも、一字一句も訂正しなかった、という。

甲府の新居で、かれはさかんな創作意欲を燃やしていた。「富嶽《ふがく》百景」をはじめとして、「女生徒」「懶惰《らいだ》の歌留多《かるた》」「葉桜と魔笛」「秋風記」「新樹の言葉」「花燭」「八十八夜」「美少女」「畜犬談」等の作品を書いた。

四月には「黄金風景」が『国民新聞』のコンクールに当選した。五月には書き下ろしの『愛と美について』を竹村書房から刊行した。

この甲府時代は短かったが、かれの生涯で最も平静な、安定した時期であった。当時についてかれはつぎのようにのべている。

「私のこれまでの生涯を追想して、幽《かす》かにでも休養のゆとりを感じた一時期は、私が三十歳の時、いまの女房を井伏さんの媒酌でもらって、甲府市の郊外に一箇月六円五十銭の家賃の、最小の家を借りて住み、二百円ばかりの印税を貯金して誰とも逢《あ》はず、午後の四時頃から湯豆腐でお酒を悠々《ゆうゆう》と飲んでゐたあの頃である。誰に気がねも要らなかった。」(「十五年間」)

しかし、夏の甲府盆地の暑さはきびしかった。北国育ちのかれにはその暑さがこたえた。机に坐っていると気が遠くなるほどだった。夫人も体中のアセモに悩まされていた。甲府のすぐ近くに、湯村といふ温泉部落があり、その温泉は皮膚病に特効があると聞いたかれは、夫人を毎日湯村に通わせた。ある時、夫人の湯村行きについて行ったかれは、少々ぬるいと聞いていた温泉にはいった。

「私は湯槽にからだを滑り込ませて、ぬるいのに驚いた。水とそんなにちがはない感じがした。しやがんで、顎までからだを沈めて、身動きもできない。寒いのである。ちよっと肩を出すと、ひやと寒い。だまって、死んだやうにして、しやがんでゐなければならぬ。とんでもないことになったと私は心細かった。家内は、落ちついてじっとしやがみ、悟ったやうな顔して眼をつぶってゐる。

「ひでえな。身動きもできやしない。」私は小声でぶつぶつ云った。

「でも、」家内は平気で、「三十分くらゐからうしてゐると、汗がたらたら出てまゐります。だんだん效いて来るのです。」

「さうかね。」私は、観念した。」(「美少女」)

この浴場で、かれは病み上りの美しい少女を見た。その娘をモデルにした作品が「美少女」である。

また、かれは幼いころから大の犬嫌いであった。かれは犬については自信があった。「いつの日か、必ず喰ひつかれるであろうといふ自信である。」ところが甲府の町には、どこにも、おびただしい数の犬がいた。

「往来に、或ひは佇《たたず》み、或ひはながながと寝そべり、或ひは疾駆し、或ひは牙を光らせて吠え立て、ちよっとした空地でもあると必ずそこは野犬の巣の如く、組んづほぐれつ格闘の稽古にふけり、夜など無人の街路を風の如く、野盗の如くぞろぞろ大群をなして縦横に駈け廻ってゐる。甲府の家毎、家毎、少くとも二匹くらゐづつ養ってゐるのではないかと思はれるほどに、おびただしい数である。」(「畜犬談」)

かれは犬から身を守ろうと、さまざまに苦心した。できることなら「すね当《あて》、こて当《あて》、かぶとをかぶって街を歩き」たいと思った。だが、それには何かと支障がある。かれは「まじめに、真剣に、対策を」考えた。犬の心理を研究した。だが、それは何とも不可解だった。そして窮余の一策を案出した。微笑戦術である。夜は微笑は見えないかもしれないから、無邪気に童謡を口ずさみ、やさしい人間だと知らせようと努めた。この戦術は幾分効果があったようだ。

「犬は私には、いまだ飛びかかって来ない。けれどもあくまで油断は禁物である。犬の傍を通る時は、どんなに恐ろしくても、絶対に走ってはならぬ。にこにこ卑しい追従笑ひを浮べて、無心さうに首を振り、ゆっくり、ゆっくり、内心、背中に毛虫が十匹這ってゐるやうな窒息せんばかりの悪寒《おかん》にやられながらも、ゆっくりゆっくり通るのである。つくづく自身の卑屈がいやになる。泣きたいほどの自己嫌悪を覚えるのであるが、これを行はないと、たちまち嚙《か》みつかれるやうな気がして、私は、あらゆる犬にあはれな挨拶を試みる。髪をあまりに長く伸ばしてゐると、或ひはウロンの者として吠えられるかも知れないから、あれほどいやだった床屋へも精出して行くことにした。ステッキなど持って歩くと、犬のはうで威嚇《いかく》の武器と勘ちがひして、反抗心を起すやうなことがあってはならぬから、ステッキは永遠に廃棄することにした。」(「畜犬談」)

しかし、それは妙な結果を生んだ。かれは犬に好かれてしまった。一匹の小犬が、かれらの小さな家に住みついてしまったのである。

この年の夏ごろから、かれは上京しようと思い始めていた。甲府では仕事をするのに、何かと不便であったからである。六月に一度上京した際には、適当な借家が見つからなかったが、七月、再度上京した際、三鷹にその月いっぱいで完成する予定の小さな借家を見つけた。そして八月中には移転しようと決めていたが、完成の知らせはなかなか無く、かれは甲府でイライラと、仕事もできない日々を送っていた。

東京府下三鷹村　昭和十四年九月一日、かれらは甲府から、東京府下三鷹村（現在の東京都三鷹市）下連雀一一三番地の借家に移転した。この家は六畳と四畳半と三畳の三間があり、家賃は二十四円だった。三鷹駅からは遠かったが、南方には畑が広がり、いもの葉が風に反り、赤い唐辛子《とうがらし》が美しかった。当時を夫人は、

「九月一日に、三鷹村の新しい家に越した。二十七、八円の家賃を出せば、も少しいい家もあったのだけれど、生活は最低に、背水の陣を布いておきたいといって、二十四円の小さい家をそれも三軒並びの一番奥をえらんで借りるといふ消極戦法であった。」（「御崎町から三鷹へ」）

と回想している。そのころのかれは、一個の原稿生活者である、という自覚を強く持っていた。旅に出ても宿帳には、こだわらず「文筆業」と書いていた。また、かれはこの家を愛した。武蔵野の大きな夕陽を眺め

ながら、夫人に、

「僕は、こんな男だから出世もできないし、お金持にもならない。けれども、この家一つは何とかして守って行くつもりだ。」

といっていた。

九月の二十日には青森出身の在京芸術家座談会が、日比谷公園内の松本楼で開かれた。招待されたかれは出席すべきか否か大分迷ったあげく、故郷における十年来の不名誉を回復する絶好の機会であると思い、出席した。山海の珍味が出て、自己紹介が始まった。末席のかれにも順番が回ってきた。かれは立ち、「金木の、津島の……」と云いかけたが声が喉にからまり、ほとんど誰にも聞きとれなかった。

「「もう、いっぺん！」といふだみ声が、上席のはうから発せられて、私は行きどころの無い思ひを一時にその上席のだみ声に向けて爆発させた。

「うるせえ、だまっとれ！」と、確かに小声で云った筈なのだが、坐ってから、あたりを見廻すと、ひどく座が白けてゐる。もう、駄目なのである。私は、救ひ難き、ごろつきとして故郷に喧伝《けんでん》されるに違ひない。」(「善蔵を思ふ」)

絶望したかれは、ひとり雨の中を家に帰り、その失敗を夫人に告げた。

同じころ、かれは『女生徒』を砂子屋書房から刊行した。この短編集の表題作となった「女生徒」は、未知の読者から送られた日記をもとにして書かれた作品である。その前後、太宰は「おしゃれ童子」「皮膚《ひふ》と心」

「俗天使」「女の決闘」「駈込み訴へ」「走れメロス」等の作品を次々と発表し、中堅作家としてのゆるぎない地位をきずいた。しかし、それはかれの血のにじむような精進の賜物であった。当時のかれを夫人は、

「大てい、仕事にとりかかるまへ、腹案や書出しのきまるまでに手間がかかったやうだ。「賢者の動かんとするや、必ず愚色あり。」といふのが、その折の口ぐせで、仕事にとりかかるまへ、いつも、さかんに愚色を発揮した。冗談めかしてゐるだけに、遊んでゐても傍のみる目には苦しげに、痛々しくみえた。机に向ふときは、頭のなかにもう、出来てゐた様子で、憑《つ》かれた人の如く、その面もちはまるで変って、こはいものにみえた。」（「御崎町から三鷹へ」）

と回想している。

近くに住んでいた亀井勝一郎との親交が始まったのもこのころからである。亀井は太宰によく酒を飲みに行こうと誘われたが、

「自分で働いた金で酒が飲めるなんて、いいなあ」

と、ある時太宰がしみじみと述懐《じゅっかい》したことを覚えているといっている。

旅へ

以前からかれは旅行をあまり好きではなかった。スケジュールに追い回され、風景を楽しむどころか、まことに俗な金銭の心配だけでへとへとになる旅行を、かれは「旅行も地獄、這《は》うやうにして女房の許《もと》に帰り、さうして女房に怒られて居るものである。」と思っていた。しかし、そのかれが昭

和十五年前後には実によく旅に出ている。四月には井伏鱒二らと群馬の四万《しま》温泉に行き、七月には伊豆へ、十月には佐藤春夫らと甲州へ、十一月には新潟から佐渡へと渡っている。旅はかれにとって物見遊山ではなかった。平穏な家庭生活からのがれて、酷《きび》しい孤独感の中に自らをひたす一つの手段であった。かれはいう。

「何しに佐渡へなど行くのだらう。自分にも、わからなかった。十六日に、新潟の高等学校で下手な講演をした。その翌日、この船に乗った。佐渡は、淋しいところだと聞いてゐる。死ぬほど淋しいところだと聞いてゐる。前から、気がかりになってゐたのである。私には天国よりも、地獄のはうが気にかかる。

………

新潟まで行くのならば、佐渡へも立ち寄らう。立ち寄らなければならぬ。謂《い》はば死に神の手招きに吸ひ寄せられるやうに、私は何の理由も無く、佐渡にひかれた。私は、たいへんおセンチなのかも知れない。死ぬほど淋しいところ。それが、よかった。お恥づかしい事である。」(「佐渡」)

と。佐渡に泊まった夜、かれはかねて望んでいた酷烈な孤独感を、やっと捕えることができた。

「夜半、ふと眼がさめた。ああ、佐渡だ、と思った。波の音が、どぶんどぶんと聞える。遠い孤島の宿屋に、いま寝てゐるのだといふ感じがはっきり来た。眼が冴《さ》えてしまって、なかなか眠られなかった。謂はば、「死ぬほど淋しいところ」の酷烈な孤独感をやっと捕えた。おいしいものではなかった。やりきれないものであった。けれども、これが欲しくて佐渡までやって来たのではないか。うんと味はへ。もっと味はへ。床の中で、眼をはっきり開いて、さまざまの事を考へた。自分の醜さを、捨てずに育てて行くより他は、無いと思った。障子が薄蒼《あを》くなって来る頃まで、眠らずにゐた。」(「佐渡」)

そのころ三鷹の家には、朝鮮から帰国したばかりの田中英光や新聞配達夫をしていた小山清、戸石泰一、堤重久、菊田義孝らの訪問が相ついでいた。青年たちは、かれを「先生」と呼んでいた。かれは「私には誇るべき何もない。学問もない。才能もない。肉体よごれて、心もまずしい。けれども苦悩だけは」その青年たちに、先生と言われてだまってそれを受けていいくらいは経て来た、と思い、まじめにそれを受けていた。かれは、青年たちとよく井之頭公園を散歩した。酒を飲みにも連れていった。青年たちのかもし出す若やいだ雰囲気は、かれにとって刺激ともなったが、三十一歳という年齢をも意識させた。そういう生活の中で、かれは平凡な小市民生活にあき足りない自分を意識し始めていたのである。かれはいう。

「私は、いやになった。それならば、現実といふものは、いやだ！　愛し、切れないものがある。あの悪徳の、どろぼうにしても、この世のものは、なんと、白々しく、興覚めのものか。ぬっとはひって来て、お金さらって、ぬっとかへった。それだけのものでは、ないか。この世に、ロマンチックは、無い。私ひとりが、変質者だ。さうして、私も、いまは営々と、小市民生活を修養し、けちな世渡りをはじめてゐる。いやだ。私ひとりでもよい。もういちど、あの野望と献身の、ロマンスの地獄に飛び込んで、くたばりたい！　できないことか。いけないことか。」(「春の盗賊」)

この年の夏、かれは東京での十年間の生活を、その折々の風景に託して書いてみようと決心した。そして伊豆湯ケ野へ行った。かれはその作品「東京八景」を「青春への訣別の辞として、誰にも媚《こ》びずに書き」たいと思っていたのである。湯ケ野からの帰途、かれは東京から迎えに来た夫人と、近くの谷津《やつ》温泉に滞在中の井伏鱒二と亀井勝一郎を訪ねた。その旅行は、のびのびになっていた新婚旅行をかねるつもりの旅であった。深夜ぐっすり寝こんでいた彼等は、突然大洪水に襲《おそ》われた。水は二階のひさしに達しそうになった。太宰は夫人に向かい、

「人間は死ぬときが大事だ」

といい、自らは新婚旅行のため仕立てた新しい着物にきかえ、角帯をしめ、きちんと畳の上に坐《すわ》りなおし、再び夫人に

「後で人に見られても、見苦しくないようにしなさい。着物をきかえなさい。」

といったという。

この年、かれは田中英光の「オリンポスの果実」を『文学界』に掲載する労をとった。この作品は激しい反響をよび、田中の文壇へのデビュー作となった。かれ自らは「東京八景」「清貧譚《せいひんたん》」「佐渡」「新ハムレット」「令嬢アユ」「風の便り」等を発表している。

ユダヤ人実朝

昭和十六年十二月八日、太平洋戦争が勃発した。「軍艦マーチ」が高唱されるうちに、少しずつ文学史的空白期がやって来た。多くの文学者が、文化工作隊、報道班員として海外に徴用、派遣された。井伏鱒二はシンガポールに派遣されることに決まった。この年の十一月、太宰

も「文士徴用」のため、本郷区役所で身体検査を受けたが、胸部疾患を理由として、徴用は免除になっていた。翌十七年の初夏からは、かれも国民のひとりとして軍事教練を受けさせられ、突撃練習などをさせられた。そして、文学者であるかれにとって、軍事教練よりも恐ろしいことが次々と起こり始めた。戦火の激化とともに戦争小説の氾濫《はんらん》が始まった。文壇やジャーナリズムの中には、戦争協力を訴える人々が次第に多くなっていた。国中が聖戦への道をまっしぐらに進んでいた。しかし、かれにはそういう風潮に進んで身を投じることはできなかった。傍観者としての場を守ろうとした。

かれはいう。

「私はいま、なんだか、おそろしい速度の列車に乗せられてゐるやうだ。この列車は、どこに行くのか、私は知らない。まだ、教へられてゐないのだ。汽車は走る。轟々《ごうごう》の音をたてて走る。」（「鷗」）

昭和十七年十月、『文芸』に発表した小説「花火」が、当局から時局に添わないという理由で全文削除を命じられた。『源氏物語』の上演禁止令が出された時代である。この年の暮れに、かれが執筆を始めた「右大臣実朝」を、故意に「ユダヤ人実朝」と読み、太宰は実朝をユダヤ人として取り扱っているという非難の声もあがった。その前後を、太宰はつぎのようにのべている。

「昭和十七年、昭和十八年、昭和十九年、昭和二十年、いやもう私たちにとっては、ひどい時代であった。私は三度も点呼を受けさせられ、そのたんびに竹槍突撃の猛訓練などがあり、暁天動員だの何だの、そのひまひまに小説を書いて発表すると、それが情報局に、にらまれてゐるとかいふデマが飛んで、昭和十八年に「右大臣実朝」といふ三百枚の小説を発表したら、「右大臣実朝《ユダヤジン》」といふふざけ切った読み方をして、太宰は実朝をユダヤ人として取り扱ってゐる、などと何が何やら、ただ意地悪く私を非国民あつかいにして弾劾《だんがい》しようとしてゐる愚劣な「忠臣」もあった。私の或《あ》る四十枚の小説は発表直後、はじめから終りまで全文削除を命じられた。また或《あ》る二百枚以上の新作の小説は出版不許可になった事もあった。」(「十五年間」)

二百枚以上の新作小説とは、戦後発表された「パンドラの匣《はこ》」である。

しかしかれは小説を書くことを止めなかった。この前後「正義と微笑」「散華」「新釈諸国噺《ばなし》」等を発表するなど、さかんな創作活動を続けていた。

「もうかうなったら、最後までねばって小説を書いて行かなければ、ウソだと思った。それはもう理窟ではなかった。百姓の糞意地である。」(「十五年間」)

という気持を唯一の支柱として執筆していた。悪化する戦況の中で、かれは一作でも多く、すぐれた作品を残そうと努めていた。自己の芸術の完成を

「ソレダケガ生キル道デス」(『右大臣実朝』)

と思いながら、一途にそれに没頭していた。

津軽へ

「右大臣実朝」を書くため、静岡県の三保海岸に滞在していたかれの許へ、津軽から母タ子危篤の電報が届いたのは、昭和十七年十二月のことである。前年かれは北、中畑両人の骨折りで、金木に一度帰っていた。が、電報を見て驚ろいたかれは、急遽、金木に向かった。母はかれの帰郷を待っていたかのように、かれが生家に着くとすぐ死んだ。翌十八年の一月には、かれは夫人と生まれたばかりの長女園子を連れて、母の法要のために再度金木を訪れた。いずれも短い故郷への旅だった。そして日毎に悪化してゆく戦況は、かれに故郷をゆっくり見てまわりたいという願望を芽生えさせていた。

たまたまそのころ、昭和十九年の五月、かれは小山書店から『新風土記叢書《そうしよ》』の一冊として「津軽」の執筆を依頼された。そして五月十二日から六月にかけて津軽地方を旅行した。その前後について、かれはつぎのように記している。

「或るとしの春、私は、生れてはじめて本州北端、津軽半島を凡そ三週間ほどかかって一周したのであるが、それは、私の三十幾年の生涯に於いて、かなり重要な事件の一つであった。私は津軽に生れ、さうして二十年間、津軽に於いて育ちながら、金木、五所川原、青森、弘前、浅虫、大鰐《おおわに》、それだけの町を見ただけで、その他の町村に就いては少しも知るところが無かったのである。」(『津軽』)

かれは津軽で旧知の人びとに暖かく迎えられ、その歓迎のしかたの中に「津軽のつたなさ」を見いだした。中学時代からの友人、中村貞次郎と再会して旧交を暖め、ふたりで本州の北端、龍飛《たつぴ》岬を訪れた。風の荒い龍飛で一夜を過ごしたかれは、翌朝寝床の中で童女の手毬歌《てまりうた》を聞いた。かれは耳をすませた。

「せッせッせ
夏もちかづく
八十八夜
野にも山にも
新緑の
風に藤波
さわぐ時

私は、たまらない気持になった。いまでも中央の人たちに蝦夷《えぞ》の地と思ひ込まれて軽蔑されてゐる本州北端で、このやうな美しい発音の爽《さわ》やかな歌を聞かうとは思はなかった。」(『津軽』)

冬の長い津軽の人々は、新緑のころをこよなく愛している。その歌を聞いたかれは、たまらない気持ちに襲われた、という。

ついでかれは、津軽といえば必ず思い出す、子守りのたけに小泊《こどまり》で再会した。小学校の運動会のグランドで、かれはたけを捜しあぐねた。たけの娘に案内されたかれは、三十年ぶりにたけに会った。

「運動会のまんなかを横切って、それから少女は小走りになり、一つの掛小屋へはひり、すぐそれと入違ひに、たけが出て来た。たけは、うつろな眼をして私を見た。

「修治だ」私は笑って帽子をとった。

「あらあ。」それだけだった。笑ひもしない。まじめな表情である。でも、すぐにその硬直の姿勢を崩《くず》して、さりげないやうな、へんに、あきらめたやうな弱い口調で、「さ、はひって運動会を。」と云って、たけの小屋に連れて行き、「ここさお坐りになりせえ。」とたけの傍に坐らせ、たけはそれきり何も云はず、きちんと正坐してそのモンペの丸い膝にちゃんと両手を置き、子供たちの走るのを熱心に見てゐる。けれども、私には何の不満もない。まるで、もう、安心してしまってゐる。足を投げ出して、ぼんやり運動会を見て、胸中に一つも思ふ事が無かった。もう、何がどうなってもいいんだ、といふやうな全く無憂無風の情態である。平和とは、こんな気持の事を云ふのであらうか。」（『津軽』）

たけは、思い出のたけと少しも変わっていなかった。ふたりは近くの桜を見に行った。しばらくして、たけは八重桜の小枝を手に持ったまま、堰《せき》を切ったみたいに能弁になった。

「久し振りだなあ。はじめは、わからなかった。金木の津島と、うちの子供は云ったが、まさかと思った。まさか、来てくれるとは思はなかった。小屋から出てお前の顔を見ても、わからなかった。修治だ、と云はれて、あれ、と思ったら、それから、口がきけなくなった。運動会も何も見えなくなった。三十年ちかく、たけはお前に逢ひたくて、逢へるかな、逢へないかな、とそればかり考へて暮してゐたのを、こんなにちゃんと大人になって、たけを見たくて、はるばる小泊までたづねて来てくれたかと思ふと、ありがたいのだか、うれしいのだか、かなしいのだか、そんな事は、どうでもいいぢゃ、まあ、よく来たなあ、お前の家に奉公に行った時には、お前は、ぱたぱた歩いてはころび、ぱたぱた歩いてはころび、まだよく歩けなくて、ごはんの時には茶碗を持ってあちこち歩きまはって、庫《くら》の石段の下でごはんを食べるのが一ばん好きで、たけに昔噺《むがしこ》語らせて、たけの顔をとっくと見ながら一匙《さじ》づつ養はせて、手かずもかかったが、愛《め》ごくてなう、それがこんなにおとなになって、みな夢のやうだ。金木へも、たまに行ったが、金木のまちを歩きながら、もしやお前がその辺に遊んでゐないかと、お前と同じ年頃の男の子供をひとりひとり見て歩いたものだ。よく来たなあ。」(『津軽』)

罹災

津軽への旅でかれは、つたなくて、不器用で、粗野な津軽人を見い出した。そして、その「つたなさ」は健康で、ひたむきで、そこから何か新しいものが生まれてくる、そういう自信に似たものを、津軽人である自らの中に感じて帰京した。昭和十九年にかれは内閣情報局と文学報国会から依頼されて、中国の文豪魯迅《ろじん》の在日時代を素材とした「惜別」を書き始めた。『津軽』も完成した。「新釈諸国噺《ばなし》」を発表した。しかし、空襲は次第に激化した。かれらは防空壕で一夜を明かすことも珍しいとは思わなくなっていた。長女の園子は暗い壕を厭《いや》がった。それをなだめるため、かれは昔話を読んで聞かせた。

「母の苦情が一段落すると、こんどは、五歳の女の子が、もう壕から出ませう、と主張しはじめる。これをなだめる唯一の手段は絵本だ。桃太郎、カチカチ山、舌切雀、瘤《こぶ》取り、浦島さんなど、父は子供に読んで聞かせる。

この父は服装もまづしく、容貌も愚なるに似てゐるが、しかし、元来ただものでないのである。物語を創作するといふまことに奇異なる術を体得してゐる男なのだ。

ムカシ　ムカシノオ話ヨ

などと、間《ま》の抜けたやうな妙な声で絵本を読んでやりながらも、その胸中には、またおのづから別個の物語が醞醸《うんじょう》せられてゐるのである。」(『お伽草紙《とぎぞうし》・前書き』)

そんな体験から生まれた短編集が『お伽草紙』である。

昭和二十年の三月には、妻子を甲府に疎開させた。帰京して間もなくの四月二日、三鷹の家は空襲に会い、半焼した。かれは居合わせた小山清、田中英光とともに防空壕に避難した。近くに至近弾が落ちた。かたく抱きあっていたかれらは、からだ半分土砂に埋まった。三人の中で、太宰が一番勇敢であった。煙が流れてきた。「毒ガスかもしれない」と田中がいうと、太宰は

「すぐ井戸端にとび出し、ポンプをギイギイと押し、自分も手巾を濡《ぬ》らし、口にあてがうと、重道(田中)たちにも、

「水をふくめ。」

と絶叫した。それに重道たちはたゞ、津島(太宰)さんの指示のまゝ、それがどんなに滑稽な姿かも知らず、ポンプの水を出しては、うがいした。もう、その頃は、三人ともかなり頭が怪しくなっていたのである。暫《しばら》くして、その煙りの無毒なのが分り、再び、至近弾が激しくなると、重道たちは再び、壕にもぐりこみ、それから夜明け迄、殆《ほと》んど無言で、お互いの肉体の脆《もろ》さを感じあっていた。

やがて、津島さんのよくいう、(血なまぐさい、白々しい暁が明ける頃。)になって、爆撃は止んだ。」と田中はその恐ろしかった日を「生命の果実」に記している。

のちかれは、一時亀井勝一郎方に厄介になり、留守宅を小山清に託して、甲府の妻子の許に疎開した。しかし、間もなく甲府も空襲に会い、かれらは難をさけようと津軽へ向かった。が、その道中は困難をきわめた。甲府から津軽に着くまでに、かれらは四昼夜かかった。混雑している列車に親子四人が乗りこむことはむずかしかった。かれらは上野駅で一夜を明かした。拡声器は青森方面の空襲を伝えていた。

「しかし、とにかく私たちは青森方面へ行かなければならぬ。どんな列車でもいいから、少しでも北へ行く列車に乗らうと考へて、翌朝五時十分、白河行きの汽車に乗った。十時半、白河着。そこで降りて、二時間プラットホームで待って、午後一時半、さらに少し北の小牛田《こごた》行きの汽車に乗った。窓から乗った。途中、郡山《こうりやま》駅爆撃。午後九時半、小牛田駅着。また駅の改札口の前で一泊。三日分ぐらゐの食料を持参して来たのだが、何せ夏の暑いさいちゆうなので、にぎりめしが皆くさりかけて、めし粒が納豆のやうに糸をひいて、口にいれてもにちやにちやしてとてもえん下することが出来ぬ。小牛田駅で夜を明し、お米は一升くらゐ持ってゐたので、そのお米をおむすびと交換してもらひに、女房は薄暗いうちから駅の附近の家をたたき起してまはった。やっと一軒かへてくれた。かなり大きいおむすびが四つである。私はおむすびに食らひついた。がりりと口中で音がした。吐き出して見ると梅干である。私はその種を嚙みくだいてしまってゐた。歯の悪い私が、梅干のあの固い種を嚙みくだいたのである。ぞっとした。」(「十五年間」)

このようにして津軽にたどりついたかれらは実にみすぼらしい姿をしていた。かれはいう。

「私たちの一行は、汚いシャツに色のさめた紺の木綿のズボン、それにゲエトルをだらしなく巻きつけ、地下足袋、蓬髪《ほうはつ》無帽といふ姿の父親と、それから、髪は乱れて顔のあちこちに煤がついて、粗末極まるモンペをはいて胸をはだけてゐる母親と、それから眼病の女の子と、それから痩せこけて泣き叫ぶ男の子といふ、まさしく乞食の家族に違ひなかったわけです。」(「たずねびと」)

かれらが生家に到着するころ故郷の町金木もまた空襲を受けた。大騒動の中でかれは、

「けれども、もう死んだって、故郷で死ぬのだから仕合せなはうかも知れない」

と思っていた。

栄光と死と

終戦

昭和二十年八月十五日、太平洋戦争は終わった。津軽でその知らせを聞いたかれは、ただ恥ずかしい、ものも言えないくらいに恥ずかしい、と感じ、そして「指導者は全部、無学であった。常識のレベルにさへ達してゐなかった」と思っていた。戦争中、統制されていたすべてのものが解き放たれ、旧い権威や秩序は激しく定否された。新しい時代が訪れたのである。かれは青年団や学校から講演を頼まれ

ると気軽に応じ、幾度か演壇に立った。執筆にもつとめた。この年の十月から、太宰が郷里の新聞『河北新報』に連載した小説「パンドラの匣」には、当時のかれの希望にみちた日々があざやかに投影されている。かれはいう。

「君、あたらしい時代は、たしかに来てゐる。それは羽衣のやうに軽くて、しかも白砂の上を浅くさらさら走り流れる小川のやうに清冽なものだ。」

と。そしてつぎのようにもいう。

「人間には絶望といふ事はあり得ない。人間は、しばしば希望にあざむかれるが、しかし、また「絶望」といふ観念にも同様にあざむかれる事がある。正直に言ふ事にしよう。人間は不幸のどん底につき落され、ころげ廻りながらも、いつかしら一縷の希望の糸を手さぐりで捜し当ててゐるものだ。」(『パンドラの匣』)

しかし、間もなくかれは、「余はもともと戦争を欲せざりき、余は日本軍閥の敵なりき、余は自由主義者なり」等と吹聴する、新型の便乗主義者の輩出《はいしゅつ》する「戦後の新現実」に、疑問を抱き始めた。

当時、相次いで創刊されたり、復刊されたりした新聞雑誌の誌面には、「自由主義」「戦争責任」等という言葉が氾濫《はんらん》していた。昨日までの国家主義者が、一夜にして自由主義者に変貌することも、さほど珍しいことではなかった。かれはそういう風潮の中に虚偽を見いだした。かれはいう。

「戦争が終ったら、こんどはまた急に何々主義だの、何々主義だの、あさましく騒ぎまはって、演説なんかしてゐるけれども、私は何一つ信用できない気持です。主義も、思想も、へったくれも要らない。男は嘘をつく事をやめて、女は慾を捨てたら、それでもう日本の新しい建設が出来ると思ふ。」（「嘘」）と。そしてかれはそういう風潮に抗して、敢然と「天皇陛下万歳！」を叫んだ。

「日本に於いて今さら昨日の軍閥官僚を罵倒してみたって、それはもう自由思想ではない。それこそ真空管の中の鳩である。真の勇気ある自由思想家なら、いまこそ何を措いても叫ばなければならぬ事がある。天皇陛下万歳！この叫びだ。昨日までは古かった。古いどころか詐欺《さぎ》だった。しかし、今日に於いては最も新しい自由思想だ。」（「十五年間」）

間もなくかれは、戦後日本の新現実が表層的なものにしかすぎない、ということをはっきりと知った。深い絶望と虚無が、再度かれをとらえた。こうしてかれが初めて手掛けた本格的な戯曲「冬の花火」は、暗く虚無的な作品となった。太宰は「冬の花火」の最後で、ヒロイン数枝につぎのように叫ばせている。

「……いやだ、いやだ。ろくな事ぢゃない。いまの日本の誰にだって、いい知らせなんかありっこないんだ。悪い知らせにきまってゐる。（うろついて、手にしてゐるたくさんの紙片を、ぱっと火鉢に投げ込む。火焔あがる）ああ、これも花火。（狂ったやうに笑ふ）冬の花火さ。あたしのあこがれの桃源境も、いぢらしいやうな決心も、みんなばかばかしい冬の花火だ。」

無頼派

「天皇陛下万歳！」と叫び、自ら保守派を宣言したかれは、同じころ井伏鱒二にあててつぎのように書き送っている。

「このごろの雑誌の新型便乗ニガニガしき事かぎりなく、おほかたこんな事になるだらうと思ってゐましたが、あまりの事に、ヤケ酒でも飲みたくなります。私は無頼派《リベルタン》ですから、この気風に反抗し、保守党に加盟し、まっさきにギロチンにかかってやらうかと思ってゐます。」

そしてかれは上京しようと決心した。生家では、昭和二十一年の夏、祖母いしが死に、その葬儀が十月末に行なわれた。葬儀がすむとすぐかれは妻子とともに金木を発ち、十一月の十四日、三鷹の旧居に帰り着いた。かれが上京するのを待ちかねていたかのように、原稿の注文が殺到した。

当時、文壇では太宰や坂口安吾、織田作之助らを一括して「新戯作派」と呼んでいた。かれらはいずれもニヒリストで、激しい反俗精神の持ち主であった。かれらの文学は戦後の混沌とした雰囲気の中で、若い世代から強く支持されていた。

昭和二十二年、太宰は「トカトントン」「メリイクリスマス」「母」「父」「女神」等の作品を発表し、八月には『ヴィヨンの妻』を刊行した。『ヴィヨンの妻』は、かれがかなりの自信をもって発表した作品である。この作品に登場する詩人の大谷は、大酒飲みでしじゅう家をあけ、行きつけの小料理屋から、さして深い理由もないのに大金を奪って逃げ出したりする男である。その大谷はいう。

「男には、不幸だけがあるのです。いつも恐怖と、戦ってばかりゐるのです。」

と。また、

「僕はね、キザのやうですけど、死にたくて、仕様が無いんです。生れた時から、死ぬ事ばかり考えてゐたんだ。皆のためにも、死んだはうがいいんです。それはもう、たしかなんだ。それでゐて、なかなか死ねない。へんな、こはい神様みたいなものが、僕の死ぬのを引きとめるのです。」

と。詩人大谷の告白は、当時の太宰の不安と焦燥にみちた内面の告白にほかならない。また、『ヴィヨンの妻』に登場する詩人の大谷も、その妻さっちゃんも、世俗的な道徳には一切とらわれないで生きようとしている。この作品で太宰は、大谷やさっちゃんという人間像を作りあげることによって、典型的な「無頼派」を創造しようとしたのである。

　そのころのかれは、ジャーナリズムからの注文に応じては書き、その原稿料で誰彼となくおごり、収入の大半は浪費するという日々を送っていた。当時を太宰はつぎのようにのべている。

「父は酒と煙草とおいしい副食物のために、いつもお金に窮して、それこそ、あちこち、あちこちの出版社から、ひどい借金をしてしまって、いきほひ家庭は貧寒、母の財布には、せいぜい百円紙幣三、四枚といふのが、全くいつはりの無い実情なのである。」(「家庭の幸福」)

二十二年の二月、かれは神奈川県下曽我《しもそが》に住む太田静子を訪ね、彼女のもとに一週間ほど滞在した。かれと静子とは昭和十七年ころからの知り合いで、戦争中も二人はひそかに交際していた。静子は不幸な過去を持つ女性であった。彼女は小説を書きたい、という気持もあって、自らの淋しい日々を日記に書き続けていた。静子は、その日記を太宰に与えた。彼女はいう。

「私にはもう小説は書けないから、自分の日記をあのかたの胸に投げ込んで、あのかたに書いていただこう。いや日記ばかりではない。身体も心もあのかたの前に投げ出して自己を失い、あのかたの中で開花する自分を見出したい。そしてその自分を見たら、そのまま死滅してもよい、そんな気持だったのです。」と。太宰は、下曾我から田中英光の疎開先である伊豆の三津浜《みと》に向かい、安田屋旅館に止宿して、静子の日記をもとに「斜陽」を書き始めた。その一、二章を書き終えたかれは、三月八日に帰京した。そして、自宅の近くに一部屋を借りて仕事場とし、「斜陽」を書き続けた。そして「斜陽」は六月の末、完成した。この年の暮れ、単行本となった『斜陽』は反響をよんだ。若い読者たちは一斉に賞讃の声を挙《あ》げた。『斜陽』の女主人公かず子やその弟直治の言動を、太宰の実生活と見誤った人々からは、激しい批難の声もあがった。

『斜陽』のヒロインかず子はいう。

「人間は恋と革命のために生れて来たのだ」

と。また麻薬中毒に苦しみながら直治もいう。

「思想？　ウソだ。主義？　ウソだ。理想？　ウソだ。秩序？　ウソだ。誠実？　真理？　純粋？　みなウソだ。」

『斜陽』のかず子もその弟直治も世俗的な道徳すべてに反抗して生きようとする。そして『斜陽』で、太宰は、そこに登場する人々の生と死とを描くことによって、典型的な「無頼派」を創造することに成功したのである。

予感

「斜陽」によせられた賞讃の声も、それによってもたらされた流行作家としてのはなやかな栄光の座も、かれにとってさほど意味のあるものではなかった。

当時、かれは恩師井伏鱒二や親しい友人の誰彼ともあまり往き来をしなくなっていた。そして家庭——かれは妻や子どもたちを愛しいたわろうと努めていた。かれはいう。

「家庭の幸福。家庭の幸福。人生の最高の栄冠。」

と。かれは幸福な家庭にあこがれていた。それは人生の最高の目標であり、最後の勝利かもしれない、と思っていた。だが、かれにとって、家庭の幸福の中に埋没しきってしまうことはむずかしいことであった。

「炉辺の幸福。どうして私にはそれができないのだろう。とても、いたたまらない気がするのである。炉辺が、こわくてならぬのである。」(「父」)

そして、かれは炉辺からのがれるように酒を飲みに行く。「地獄だ、地獄だ」と思いながら酒を飲み、牛鍋をつつき散らして、二日も三日も家には帰らない。かれは、

「家庭の幸福は諸悪の本《もと》。」

「子供より親が大事。」

「義のために遊んでゐる。地獄の思ひで遊んでゐる。いのちを賭《か》けて遊んでゐる。」

などと自らにいいきかせながら放蕩を続けていた。だがそれは、かれの健康状態をひどく悪化させた。胸の病気も悪化した。医者から、養生しなければあぶない、といわれても、かれは「アルコール療法ってやつを

やってゐる」などといいながら放蕩を止めなかった。

昭和二十二年一月に織田作之助が急逝した。太宰や坂口安吾らとともに「新戯作派」とよばれていた織田の死に、太宰は無関心ではいられなかった。かれは「織田君！よくやった。」といって、つぎのようにのべた。

「織田君は死ぬ気でゐたのである。私は織田君の短篇小説を二つ通読した事があるきりで、また逢ったのも、二度、それもつい一箇月ほど前に、はじめて逢ったばかりで、かくべつ深い附合ひがあったわけではない。

しかし織田君の哀しさを、私はたいていの人よりも、はるかに深く感知してゐたつもりであった。はじめて彼と銀座で逢ひ、「なんてまあ哀しい男だらう」と思ひ、私も、つらくてかなはなかった。彼の行く手には、死の壁以外に何も無いのが、ありありと見える心地がしたからだ。

こいつは、死ぬ気だ。しかし、おれには、どう仕様もない。先輩らしい忠告なんて、いやらしい偽善だ。ただ、見てゐるより外は無い。

死ぬ気でものを書きとばしてゐる男。それは、いまのこの時代に、もっともっとたくさんあって当然のやうに私には感ぜられるのだが、しかし、案外、見当らない。いよいよ、くだらない世の中である。

世のおとなたちは、織田君の死に就いて、自重が足りなかったとか何とか、したり顔の批判を与へるかも知れないが、そんな恥知らずの事はもう言ふな！」（「織田君の死」）

かれは、自らの死期が近づきつつあることを知っていた。そして、つぎのような空想にふけったこともあった。

「……見すぼらしい女の、出産にからむ悲劇。それには、さまざまの形態があるだらう。その女の、死なねばならなかったわけは、それは、私にもはっきりわからないけれども、とにかく、その女は、その夜半に玉川上水に飛び込む。」(「家庭の幸福」)

決意

太宰が山崎富栄を知ったのは昭和二十二年の三月のことである。当時、山崎富栄は美容師として三鷹の美容院につとめていた。彼女は三十をすぎたばかりの戦争未亡人であった。屋台のうどん屋で二人が初めて会った時、かれは「現在の道徳打破の捨て石になる覚悟だ」と富栄にいった。彼女は、太宰の内にひそむ死の影に強くひかれたようだ。まもなく彼女は、太宰が仕事部屋で執筆を続けている間中、決して離れないようになった。彼女は、かれのどんな要求にも喜んで応じた。どんな我侭《わがまま》にも抗弁一つしなかった。かれから

「「酒をお飲み」といわれゝば、「はい、飲みましょうチン〳〵」とコップ酒を干《ほ》した。「ザボン」が欲しいといえば、「スタコラサッチャン」の本性をみせて、実に足早に駆け廻って、手に入れてきた。彼女はそういう女であった。」(『愛は死と共に・あとがき』)

そんな彼女を太宰は「スタコラサッチャン」と呼んでいた。

この年の三月、三鷹の家では次女里子が生まれ、かれは三児の父となった。十一月には太田静子との間に

『愛は死と共に』の表紙

治子が生まれた。次々と誕生する新しい生命の犠牲となるかのように、太宰の健康状態は悪化した。喀血することも多くなっていた。玉川上水のほとりを歩くかれの姿は、

「青白くて、軍靴が重さうで、オーバも重さう。微風にさへも向へないやうな、やるせない感じでした。」(『愛は死と共に』)

と、山崎富栄は手記に記している。

翌二十三年の正月、二人はしばしば死について話し合った。

「一月十一日

「僕、ほんとうに、死ぬよ。」

……………………

「僕は素面《しらふ》で死ぬよ……泣かせるない。」

と、修治さん。

死ぬことは、少しも怖くありません。」

「 一月二十八日

…………

「修治さん（とお呼びするのも少しはずかしい）毎日、不安でせう。いつでもおのゝいてゐるやうな感じなのです」

「うん、死にたいと思ふよ。」

「ゆけるところまでゆきませう。やれるところまでやってみませう、ね。」

この年の三月、かれは筑摩書房から依頼された作品「人間失格」を書くため、熱海の起雲閣に行き、約一カ月滞在して「第二の手記」までを書いて帰京した。すでに死を決意していたかれは、「人間失格」で苦悩にみちた全生涯と、抱きつづけてきた真実とを明らかにしようとした。

「ぼくの作品は残り少なくなった絵具のチューブを、無理に絞《しぼ》り出すやうなものだ」

もう何も無い、なんにも無いのだと思いながら、かれは——四月、五月と「人間失格」を書きつづけた。「人間失格」は熱海で百五十枚、三鷹の富栄の許で八十枚、大宮の藤縄方で六十枚と書きつがれ、五月十二日に完成した。自らの敗北の過程をあますところなく描き終えたかれは、陰惨な絵として刻みこまれた自らの姿に「自分でも、ぎょっと」するほど驚いた。そして「これこそ胸底にひた隠しに隠してゐる自分の正体なのだ」と思ったという。

同じころ、かれは『新潮』に「如是我聞《によぜがもん》」を連載した。「如是我聞」でかれは、志賀直哉の「自己肯定のすさまじさ」を激しく攻撃した。当時のかれには「自己肯定」などということは、偽善としてしか考えられなかったのである。

そして五月、十五日からかれは『朝日新聞』に連載を予定されていた作品を、三鷹の仕事部屋で書き始めた。かれはその作品に「グッド・バイ」という題をつけた。すでに「人間失格」を書き終えてしまっていたかれには、もうこの世のことはどうでもよかったのであろう、「グッド・バイ」はユーモアに富んだ作品となった。「グッド・バイ」十回分の草稿を五月下旬に編集者に渡したころ、かれの身体はもはやこの世の生には耐えられなくなっていた。不眠症はつのった。喀血ははげしくなった。

「修治さんは肺結核で左の胸に二度目の水が溜《たま》り、このごろでは痛い〳〵と仰言《おつしや》るの、もうだめなのです。」(『愛は死と共に』)

という状態に陥っていた。

そのころのある雨の日、かれと富栄はこんなことを話し合っていた。

「五月雨が、今日もかなしく、寂びしく降ってゐます。

「死なうと思ってゐた――」とお話したら、ひどく叱られた。「ひとりで死ぬなんて！一緒に行くよ。」

玉川上水の流れ

かれは仕事に疲れると、よく玉川上水のほとりを散歩した。六月の玉川上水は、折からの梅雨で増水し、渦巻き流れていた。当時、玉川上水はその早い流れで知られていた。かつて、何人もの命を呑んだというこの流れを、土地の人々は「人喰い川」と呼んでいた。そんなことから太宰は、友人の亀井勝一郎に、

「おお、こわ、こわだねえ。こんなところは死に場所に選ぶべきじゃないね。」

と語ったこともあったという。

玉川上水（入水地付近）

昭和二十三年六月十三日、太宰と山崎富栄は、突如、失踪《しっそう》した。失踪を伝え聞いた友人たちは、彼等の行方を懸命に探した。捜索にあたっていた友人たちの脳裡《のうり》には、

「いまは自分には、幸福も不幸もありません。

ただ、一さいは過ぎて行きます。

自分がいままで阿鼻叫喚《あびきようかん》で生きて来た所謂《いわゆる》「人間」の世界に於いて、たった一つ、真理らしく思はれたのは、それだけでした。

ただ、一さいは過ぎて行きます。」（『人間失格』）

という太宰のことばが焼きついていた。間もなく太宰の仕事部屋からは、遺書数通、色紙、「グッド・バイ」十三回分までの草稿等が発見された。美知子夫人に宛てた遺書には、小説が書けなくなった、人の知らぬところへ行ってしまひたい、という意味のことが記されていた。友人あての一節には「子供は凡人にてもおしかりなさるまじく」とあった。伊馬春部に遺した色紙には

池水は濁りににごり藤波の
　影もうつらず雨降りしきる

と、伊藤左千夫の歌が記されていた。

もはや、かれらが玉川上水に入水したことは疑えない事実だ、と友人たちは思った。友人たちは、降りつづく雨で増水し濁りに濁っている玉川上水を必死に捜索した。だが、数日を経てもかれらの死体はいっこうに発見されなかった。

太宰がある時、亀井勝一郎に

「自分は自殺したふりをして暫《しば》く身を隠す。すると先輩や友人や批評家どもは、様々の思い出や悪口をかくにちがいねえ。味方のような顔をしていた奴が敵であったかもしれぬ。急に友人づらをする奴もあるだろう。自分はそのときノコノコ出てきて、「死後の評価」を残らず読んでやる。」(「太宰治の思い出」)

などと語っていたことから、友人たちの中には「偽装心中」ではないか、という声もあがり始めていた。

「発見されないことをひそかに」願いながら、亀井勝一郎は井伏鱒二らと玉川上水のほとりを歩いてみた。

『グッド・バイ』の表紙

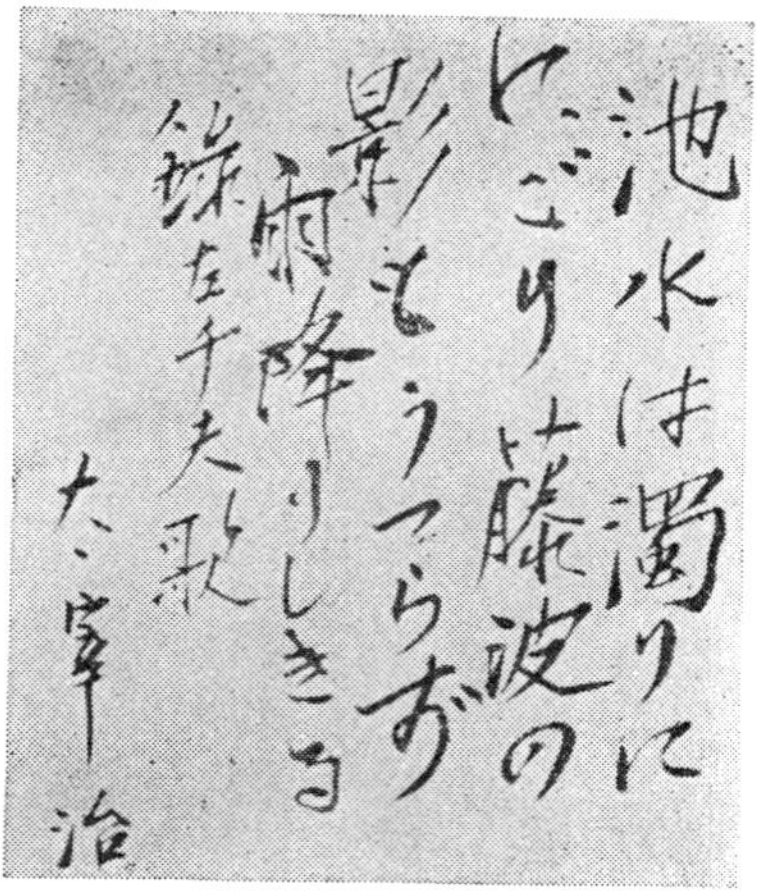

伊馬春部に遺した色紙

だが、そこには「乳色の濁水が非常ないきおいで流れているだけ」であった。

友人たちの期待もむなしく、太宰が失踪した日から数えて一週間を経た六月十九日、かれらが入水したと思われる場所から千メートルほど下流の明星学園傍のクイに、男女の死体があがった。二人はしっかりと抱きあっていた。二人が太宰と山崎富栄であったことはいうまでもない。奇《く》しくも、この日は太宰の三十九回目の誕生日であった。

のちに発見された山崎富栄の遺書には、つぎのように記されていた。

「太宰さんとはじめてお目もじした時他に二、三人のお友達と御一緒でいらっしゃいましたが、お話を伺っております時に私の心にピン〳〵触れるものがありました。………御家庭を持っていらっしゃるお方で私も考えましたけれど女として生き女として死にとうございました。あの世へ行ったら太宰さんの御両親様にも御あいさつしてきっと信じて頂くつもりです。愛して愛して治さんを幸にしてみせます。せめてもう一、二年を生きていようと思ったのですが、妻は夫と共にどこ迄も歩みとうございますもの。」

やがて六月二十一日、三鷹の旧居で、委員長豊島与志雄、副委員長井伏鱒二らにより、太宰治の告別式が行なわれた。そして七月十八日、かれの遺骨は三鷹市下連雀の黄檗《おうばく》宗禅林寺に葬られた。この寺の境内は、かれがしばしば散歩した所であり、かれの生前のひそかな願いをいれて、その墓碑は文豪「森林太郎之墓」の前に建てられた。

桜桃忌

太宰の死は、ジャーナリズムによって異常なほど騒がれた。多くの人々がかれの死についてあれこれと論じた。合意心中説、山崎富栄がかれを道連れにしたという説、敗北の作家、死の文学等々、心中にいたる経過をのべたものから、太宰治の人と文学を概括しようとしたものまで、実にさまざまな追悼文や憶測が乱れ飛んだ。太宰の師、井伏鱒二は戦後はあまりつき合いはなかったが、といったあと、かれの死についてつぎのようにのべている。

「人の組合せといふものは不思議な結果を生む。善良な男と善良な女との組合せでも、お互に善良な故に悲しい結果を見ることがある。太宰君の場合、太宰君を死地に導いた女は善良な性質であったかも知れないが、どうも私たち思ひ出すだに情けない結果になってしまった。ここで仮にその女性を善意ある人間であったとすると、何か当時の雰囲気に引きずられたのではなかったかと思ふ。意地づくと云っては当人は不承知だらう。ものの弾みと云ったらどうだらう。」(「太宰治のこと」)

評論家の河上徹太郎は、かれの死と作品の中にある傾向とを結びつけて論じている多くの追悼文の論調に対して、つぎのようにいっている。

「どう理窟をつけようったって、太宰君の死は、彼の性格の弱みから来た私生活上の事件である。彼は人生に負けたのだ。そしてその人生とは、彼が作品を描くために情熱や情景を窃《ぬす》んで来るそれと同一物ではあるが、然し実生活と創作の上に現はれるこの二つの態度はまるで違ってゐて、同日に論じることは出来ないのである。要するに太宰君の作品から私は死の理論を抽出することは出来ない。勿論死の題材はある。又弱気から来る人生への敗北の諸相は現はれてゐる。憂愁への憧憬もある。然しそれ等の要素と現実の太宰君の自殺とを比べて、宿命に忠実であったが如く、性格に誠実であったが如く論ずる論者には賛成し得ない。文学がそんな妥協的な、生っちょろいものであったなら、文学修業に一生を捧げることは男の恥ともいへよう。」(「死の文学」)

また、中野重治は太宰治その人を論じて、人としてはいい人で、しじゅう共産主義、革命運動のことに頭を占

太宰の墓(東京都三鷹市禅林寺内)

領されていたが、そのことを全面的に、自分自身に対して、明らかにすることとなしに引きずられて行ったかたむきがある。下らぬ取りまき連中をけとばすことが出来なかったらしい、といい、さらに、

「太宰は侵略戦争の提燈《ちょうちん》もちをしなかった。この点をはっきりさせる必要があり、同時に、侵略戦争の提燈持をしなかった精神・文学者としての生き方を、それを全幅的にのばせる時に来てなぜのばさず、自殺しさえしたかとゆうことをはっきりさせる必要があるだろう。」（「死なぬ方よし」）

と、のべている。

河盛好蔵は「滅亡の民」と題して、つぎのようにいっている。

「太宰君！　君の自殺に私の賛成でないこと、それは君の敗北に外ならないことは既に幾度も私は書いた。しかし君は誠実だった。井伏さんの深い愛情と薫陶《くんとう》に支へられてきたことはもちろんであるが、君はよく今まで生きてきた。定めし苦しい一生であったろう。心から君の冥福を祈りたい」

そして親友の檀一雄は、太宰の死を知った夜、ひとり寝もやらず訣別の詩を書き続けたという。

「わがなみだくろ土を飼《は》ひ　さみだれのみだるるがまま　流れ疾《と》き水をくぐらん。良き友は君がり行きて　必ずやきみ帰するべし　そを念じしぶかふ雨に　肝《きも》ぎらし待ちつつをらん　悪しき友ただわれ一人
十歳《とせ》前君と語りし　池の辺《へ》の藤棚の蔭　四阿《あづまや》の板英座《いたござ》の上に　葦葭《あしよし》の青きをみつめ　そが上を矢迅《はや》に奔るたしだしの雨垂《あまた》らす見て　にがくまたからきカストリ　腸《はらわた》に燃えよとあほる　君がため香華《かうげ》を頼まず
君がため柩《ひつぎ》かたげず　酔ひ酔ひの酔ひ痴れの唄　聞きたまへ水にごるとも」（「さみだれ挽歌」）

太宰治が入水してから、ちょうど一年目にあたる昭和二十四年の六月十二日、三鷹の禅林寺で夫人主催の法要がおこなわれた。そして六月十九日、かれの屍《しかばね》の発見された日、友人門弟一同の主催で遺族をも招待して盛んな宴がはられた。旧友の今官一は、その日を「桜桃忌」と名づけた。生前、太宰の好んだ果実が桜桃であったこと、桜桃が季節の果実であること等から、あれこれ感慨をこめて、この名がつけられたという。以後毎年、六月十九日には「桜桃忌」が催されているが、年ごとに参加する人の数は増え続けている。また津軽でも昭和二十四年から、旧友たちによる「桜桃忌」の催しが行なわれている。

昭和二十四年の文化の日、十一月三日に、かつて太宰が実の弟のように愛した田中英光が、禅林寺の墓前で師のあとを追った。

数年ののち、昭和二十八年の十月、甲府の御坂峠に太宰治を偲んで文学碑が建てられた。碑面には太宰の字で『富嶽百景』の中の一句

「富士には月見草がよく似合ふ」

が刻まれた。

さらに昭和三十一年、故郷津軽の蟹田《かにた》にも碑が建てられた。碑面には、佐藤春夫の筆で、『正義と微笑』からとられたつぎの一句が刻みこまれている。

「かれは人を喜ばせるのが何よりも好きであった！」

第二編　作品と解説

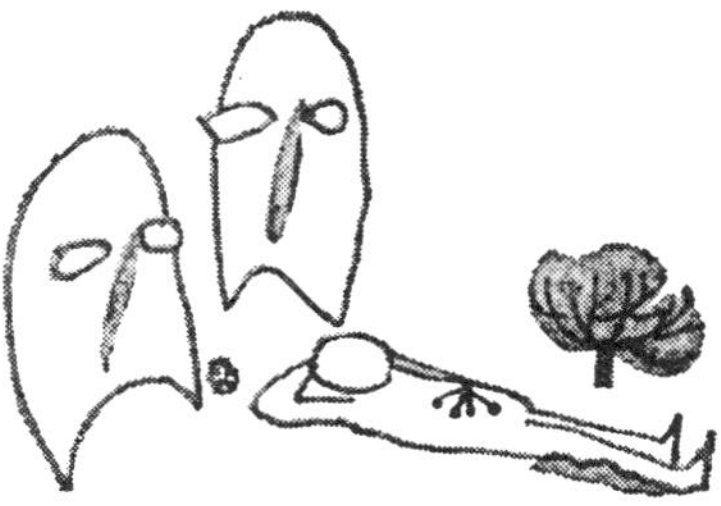

太宰治が「作家にならう」とひそかに決意したのは、中学の三年生になった直後の、ある春の朝のことである。そののちのかれは、芥川龍之介や泉鏡花らの作品を耽《たん》読したり、いくつかの同人雑誌に習作を発表したり、井伏鱒二の人と文学にあこがれたりしながら、自らの文学的才能を育くんでいった。そして青春、かれは「恋と革命のために」生きようとした。まったく筆を取ろうとはしなかった一時期もあった。

かれの「ひそかな決意」が、ようやく実を結び始めたのは昭和十年前後のことである。

ここでは、まず、かれの文壇へのデビュー作『晩年』をみ、続いて代表作数編をみていこう。

『晩年』

処女出版　『晩年』は昭和十一年六月、砂子屋書房から刊行された太宰治の処女創作集である。ここには、昭和七年から同九年までのあいだに書かれた、十五編の短編小説が収められている。

昭和七年の八月、二十三歳になった直後の太宰は、「思ひ出」百枚を書き始めた。かれは「思ひ出」を小さな遺書のつもりで書いたという。間もなく、それを書きあげたかれは、「思ひ出」一編だけでは死にきれない、書き残したいことはまだほかにもある、と思うようになっていた。次いで、太宰は一編、二編と書き進めた。次第に作品の数もふえてきた。かれは書き上げた作品を「倉庫」と称する大きな紙袋に貯蔵し、袋の表紙に「晩年」と記した。その一連の遺書の銘題のつもりであった。

この『晩年』についてかれは、つぎのようにのべている。

「私はこの短編集一冊のために、十箇年を棒に振った。まる十箇年、市民と同じさわやかな朝めしを食はなかった。私は、この本一冊のために、身の置きどころを見失ひ、たえず自尊心を傷つけられて世のなかの寒風に吹きまくられ、さうして、うろうろ歩きまはってゐた。数万円の金銭を浪費した。長兄の苦労のほどに頭さがる。舌を焼き、胸を焦がし、わが身を、たうてい恢復《かいふく》できぬまでにわざと損じた。百編にあまる小説を、破り棄てた。原稿用紙五万枚。さうして残ったのは、辛うじて、これだけである。これだけ。原稿用紙、六百枚にちかいのであるが、稿料、全部で六十数円である。」(「もの思ふ葦」)

その十年間、かれの青春は暗かった。自殺未遂、左翼非合法運動への参加、それからの離脱、パビナール中毒、船橋への転地療養等々、苦悩にみちた日々の連続であった。当時を、かれは自らを老人にみたててつぎのようにもいっている。

「老人ではなかった。二十五歳を越しただけであった。けれどもやはり老人であった。ふつうの人の一年一年を、この老人はたっぷり三倍三倍にして暮したのである。二度自殺をし損った。そのうちの一度は情死であった。三度、留置場にぶちこまれた。思想の罪人としてであった。」(「逆行」)

百編にあまる小説も書いたが、一編も売れなかった。しかし、それはいずれも本気でした仕業ではなかった、と。

撰ばれてあることの
恍惚と不安と
二つわれにあり　　　ヴェルレエヌ

『晩年』の冒頭に掲げられたこのエピグラフには、大地主の子として生まれ育ったかれの、悲劇的な前半生と、苦悩にみちた青春とが、端的に語られている。そして、同時にそれは、『晩年』執筆当時の心象を鮮やかに告げることばでもあった。

昭和八年の二月、かれは故郷の新聞『東奥日報』の日曜付録『サンデー東奥』に、例の紙袋の中の一編「列車」を太宰治のペンネームで発表した。太宰治というペンネームの由来については、ある時『万葉集』の中で偶然見つけた「ダザイノゴンノソツ」から取ったという説、高校時代の友人の姓を勝手に名乗ったという説、中学時代、かれを愛した下宿先の当主、豊田太左衛門の名にちなんだという説、等があり、はっきりしないが、かれが、太宰治というペンネームを用い始めたのはこの頃からである。続いて三月、同人雑誌『海豹《かいひょう》』の創刊号に「魚服記」を発表、この作品で、かれは文壇の何人かの人々から注目された。翌四月から、かれは『海豹』に「思ひ出」百枚を三回に分けて連載した。この作品は、発表と同時に反響をよんだ。

ら「思ひ出」で太宰は文壇から新進作家として認められた。翌九年にも「葉」「猿面冠者」「彼は昔の彼ならず」「ロマネスク」と発表を続けた。昭和十年には、初めて商業雑誌に作品を発表した。二月の『文芸』に発表した小品三編から成る「逆行」がそれである。続いて「道化の華」「玩具」「雀こ」「猿ケ島」「地球図」と発表し、翌十一年一月には「めくら草紙」、四月には「陰火」を発表した。このようにして発表されてきた短編をまとめた単行本が『晩年』である。

晩年のあらまし

短編集『晩年』の冒頭をかざる作品は「葉」である。この三十あまりの断章から成る作品には、これといったすじはない。「葉」は、すでに死を決意していたかれが、習作時代の作品「哀蚊」などの中からえらび出した数行ずつを集めて、自らの文学修業のあとを記録しようとした作品である。「死なうと思ってゐた。」ということばに始まり、「どうにか、なる。」と結ばれている「葉」には、そのころの太宰の文学に対する考え方を明らかにするつぎのような断章がちりばめられている。

「芸術の美は所詮、市民への奉仕の美である。」

「われは山賊。うぬが誇《ほこり》をかすめとらむ。」

「どうせ死ぬのだ。ねむるやうなよいロマンスを一編だけ書いてみたい。」

「思ひ出」は自らの幼少期を「飾らず書いて置かう」とした、自伝風な作品である。

「黄昏《たそがれ》のころ私は叔母と並んで門口に立ってゐた。叔母は誰かをおんぶしてゐるらしく、ねんねこを着て居た。その時の、ほのぐらい街路の静けさを私は忘れずにゐる」

と書き出されているこの作品には、生家をめぐる人々、小学校、高等小学校、中学校のころ、習作時代初期、小間使いによせたかれのあわい思慕等が回想されているが、中でもかれを愛し、育ててくれた叔母の キヱと子守りのたけについては、美しく心をこめて語られている。

「魚服記」は炭焼きの父と二人、深山にくらす娘スワが、初雪の降った夜、酒に酔った父に犯され、滝に飛び込んで小鮒となってゆくというすじの作品である。

「猿ケ島」は、荒れはてた猿ケ島に迷いこんだ一匹の日本猿の体験とそこから脱出するまでを描いた作品で、この猿の言動にはそのころのかれの心象が映されている。

「雀こ」は津軽の言葉で書かれ、恩師、井伏鱒二に捧げられた作品である。まだ雪の残っている早春の日、子供たちが二組に分かれて相手方の一人を取り合うという遊戯を、

「かたかたの五、六人、声をしそろへて歌ったずおん。

―雀、雀、雀こ、欲うし。

ほかの方図《ほづ》のわらは、それさ応へ、

―どの雀、欲うし？

て歌ったとせえ。」

といった調子で描いたメルヘンである。

「ロマネスク」は、「仙術太郎」「喧嘩次郎兵衛」「嘘の三郎」の三編から成る作品で、仙術、喧嘩、大嘘つきという特技をもつ各編の主人公たちの体験談を記した物語である。この三人はいずれも太宰の分身と考えられるが、

「嘘のない生活、その言葉からしてすでに嘘であった。美《よ》きものを美《よ》しと言ひ、悪《あ》しきものを悪《あ》しといふ。それも嘘であった。だいいち美《よ》きものを美《よ》しと言ひだす心に嘘があらう。あれも汚《きたな》い、これも汚い」

と夜毎に苦しむ「嘘の三郎」の姿は、真実を求めて苦悩する太宰の姿そのものであろう。

「道化の華」はかれの五年前の、鎌倉の海での心中未遂事件を素材とした作品である。心中未遂事件をひきおこし、救い出されて海辺の結核療養所に収容されている主人公葉蔵の許に、二人の親友が見舞に来る。たちまちかれらの間には笑声がおこる。親友は葉蔵の自殺を微笑しながら語り、病室に泊りこんで賑やかにふざけ散らす。こうした青年たちの心ないふるまいは、つねに絶望の隣りにいる、傷つきやすい魂の道化の姿―「道化の華」にほかならなかった。やがて退院の日、葉蔵は看護婦の真野と裏山に登った。前夜、自分のことや家のことをこまごまと話した真野と葉蔵は清らかな別れのあいさつをかわした。葉蔵が見下ろすと、江の島の海が小さく見えた。ふかい朝霧の奥底に、海水がゆらゆらゆらうごいていた。

「そして、否、それだけのことである。」

というすじである。

ほかに『晩年』には、第一回芥川賞の候補作となった「逆行」等も収められている。

その絢爛《けんらん》たる才能をうたわれた太宰治の文学の、さまざまな可能性は、すべて処女作『晩年』にひめられている。

晩年の世界

たえず念頭を離れない「死」の意識にさいなまれながら、かれは、「生涯の情熱を、すべてこの一巻に収め」つくそうと、『晩年』で実にさまざまなスタイルを試用して、多様な世界を現出させた。

太宰はその生涯で思いをあらたにするたびに、自伝風な作品を発表するのを常としたが、処女作『晩年』もその例にもれず、「葉」「思ひ出」「猿面冠者」「逆行」「彼は昔の彼ならず」「道化の華」等、中心をなす作品には自伝風なものが多い。中で「思ひ出」はその典型的なものである。ここでかれは、幼少のころの思い出を、実に素直にのびのびと記している。そして、その思い出は、しだいに美しい抒情の世界に流れて行く。桟橋で弟と「赤い糸」について話し合う場面、初恋の人みよと二人で葡萄《ぶどう》をつむ場面等は、豊かな色彩とみずみずしい抒情にあふれた世界として定着されている。

しかし、この「思ひ出」のような形で、かれが過去を比較的素直に語ったということは、珍しいことである。自伝においても、かれは多くの場合、過去や「自己」をありのままには語らない。「葉」にみられるように、過去の作品の中から選び出した断章を、たくみに構成し、配列することによって心情の起伏を明らかにするとか、「彼は昔の彼ならず」のように、「青扇」という遊民の生活に託して、自らの心象を表白したりするのが、太宰の常套手段である。

「魚服記」は象徴主義の手法によって書かれた作品である。深山の夜を

「夜になると風がやんでしんしんと寒くなった。こんな妙に静かな晩には山できっと不思議が起るのである。天狗の大木を伐り倒す音がめりめりと聞えたり、小屋の口あたりで、誰かのあづきをとぐ気配がさくさくと耳についたり、遠いところから山人《やまんと》の笑ひ声がはっきり響いて来たりするのであった。」

と書き、吹雪の中を滝に向かい、滝に身をおどらす少女スワを

「吹雪！　それがどっと顔をぶった。思はずめためた坐って了った。みるみる髪も着物もまっしろになった。………ほとんど足の真下で滝の音がした。

狂ひ唸る冬木立の、細いすきまから、

「おど！」

とひくく言って飛び込んだ。」

と描いて、雪国特有の冷たく、幻想的な世界を鮮《あざ》やかに描出している。太宰は「魚服記」で津軽に実在する山や滝をその舞台とし、登場人物には津軽のことばで語らせた。そんなことから、「魚服記」はかれの郷愁がにじみ出た作品となった。全編、津軽のことばで記された「雀こ」も、「魚服記」同様、かれの郷愁を強く感じさせる作品である。

また、「魚服記」は太宰の物語作者としての、すぐれた才能を示す作品であるが、「猿ケ島」「ロマネスク」等にも、その才能は存分に発揮されている。「猿ケ島」は北海の荒涼《こうりょう》たる自然と、動物園を脱走する「日本

猿」とを描いて、自らの心象をのべ、同時に、それが当時の文壇への痛烈な諷刺《ふうし》ともなっている作品であり、「ロマネスク」は面白い作品の創造をねらいとして書かれた小説で、それはそのまま、ありのままに描こうとする風潮の強かった当時の文壇に対する意識的な反抗を意味した。

「地球図」では、はるばる日本に神の教えを伝えに来て獄死した、ロオマンの人シロオテの事志とはちがってしまった生涯に託して、「蹉跌《さてつ》の美しさ」かなしさが描かれている。「列車」も同様な作品である。

太宰文学の魅力の一つは、その独特の文体にあるといわれているが、『晩年』にも
「結婚してかれこれ二月目の晩に、次郎兵衛は花嫁の酌で酒を呑みながら、おれは喧嘩が強いのだよ、喧嘩をするにはの、かうして右手で眉間を殴りさ、かうして左手で水落ちを殴るのだよ。ほんのじゃれてやってみせたことであったが、花嫁はころりところんで死んだ。やはり打ちどころがよかったのであろう。」

（「ロマネスク」）

という一節などがある。この文章など、いかにも柔軟でユーモラスである。このようにどこかユーモラスな表現は、太宰の文体の特徴の一つである。

『晩年』で太宰はこのように、次々と多様な世界を展開してみせた。しかし、かれはそれに没頭しきれなかった。執筆を進めながら、たえず、なぜ小説を書くのか、と、自問自答をつづけていた。

「僕はなぜ小説を書くのだらう。新進作家としての栄光がほしいのか。もしくは金がほしいのか。芝居気を抜きにして答へろ。どっちもほしいと。ほしくてならぬと。ああ、僕はまだしらじらしい嘘を吐いてゐ

る。このやうな嘘には、ひとはうっかりひっかかる。嘘のうちでも卑劣な嘘だ。僕はなぜ小説を書くのだらう。困ったことを言ひだしたものだ。仕方がない。思はせぶりみたいでいやではあるが、仮に一言こたへて置かう。「復讐。」」(「道化の華」)

かれは、小説を書くという行為は、現実に対する「復讐」であるとした。そして、そう考えることによって初めて、生への希望をかすかに感じることができた。こうして一連の遺書『晩年』は、回生への契機となった。なお、のちに「道化の華」は『晩年』から省かれることになった。

太宰の文壇へのデビュー作「魚服記」や「思ひ出」、話題作「道化の華」等を収めた『晩年』は、刊行と同時に反響をよんだ。その特異な体験を、従来の小説のスタイルを無視して大胆に描いた作品群は、新鮮な印象を与える作品として広く迎えられた。そして、かれは文壇からもユニークな才能をもつ新進作家として認められた。

ダス・ゲマイネ

自信作

「ダス・ゲマイネ」は昭和十年十月の『文芸春秋』に発表され、のち、新潮社から刊行された『新鋭文学叢書』の一巻『虚構の彷徨、ダス・ゲマイネ』に収められた作品である。

太宰はこの作品を、結核療養のために転地した千葉県船橋町（現在の船橋市）五日市本宿の借家で書いた。当時のかれはパビナールの陰惨な中毒患者であった。肉体も衰弱しきっていた。老人のように竹のステッキをつきながら、

「これがないと、散歩の興味、半減。かならず、電柱を突き、樹木の幹を殴りつけ、足もとの草を薙ぎ倒す。すぐ漁師まち。もう寝しづまってゐる。朝はやいのだから。泥の海。下駄のまま海にはひる。歯がみをして居る。死ぬことだけを考へてる。」（「めくら草紙」）

という日々を送っていた。そのころを親友の山岸外史は

「当時の太宰の神経は、（心理というより、あきらかに、神経であったが）異常な過敏症になっていた。裸になった神経が、あらしのなかでムキだしになっていた感がある。」（「太宰治とモヒ剤」）

と書いている。この年文芸春秋社によって設定されたばかりの芥川賞の候補となりながら、次点とされたことも、かれの苦悩を倍加させていた。しかし芥川賞が石川達三の「蒼氓《そうぼう》」と決まって間もなく、次点となった太宰ら四人は『文芸春秋』から原稿を依頼された。依頼をうけたあと、すぐかれは義理の弟小館善四郎に宛てて、はがきで

「芥川賞はづれたのは残念であった。「全然無名」といふ方針らしい。「文芸春秋」から十月号の註文来た。」（八月十三日）

と知らせている。この依頼に応じて書かれた作品が「ダス・ゲマイネ」で、これは一連の遺書『晩年』以

後、かれが書いた最初の本格的な作品である。そんなことからか、原稿用紙四十枚という注文に対して、太宰は六十枚を書いて送っている。「ダス・ゲマイネ」とはドイツ語で Das Gemeine「卑俗な者、下賤な者」という意味のことばである。なお、津軽の方言に「マイネ」ということばがあり、この方は「〜してはいけない」を意味することばだが、この表題には、そういう洒落《しゃれ》も含まれているといわれている。

十月号の『文芸春秋』には芥川賞の次席者四名の競作が、つぎのように発表された。

「起承転々」　高見　順
「ダス・ゲマイネ」　太宰　治
「春秋」　外村《とのむら》　繁
「黄昏《たそがれ》学校」　衣巻《きぬまき》　省三

太宰の「ダス・ゲマイネ」は四編の中では秀作であった。『文芸春秋』十月号を読み終えたかれは、山岸外史にあててつぎのように書き送っている。

「衣巻、高見両氏には気の毒である。コンデションがわるかったらしい。外村氏のは面白く読める。このひとの作品には量感がある。けれども僕の作品をゆっくり読んでみたまへ。歴史的にさへずば抜けた作品である。自分からこんなことを言ふのは、生れてはじめてだ。僕はひとりで感激してゐる。これだけは一歩もゆづらぬ。」

ダス・ゲマイネのあらすじ　友人たちから佐野次郎左衛門というあだ名で呼ばれている文科の大学生「私」は、ある時、上野公園内の甘酒屋で、異様な風采《ふうさい》をした男馬場を知った。馬場は甘酒をすりながら

「僕はそこの音楽学校にかれこれ八年ゐます。なかなか卒業できない、まだいちども試験といふものに出席しないからだ。ひとがひとの能力を試みるなんてことは、君、容易ならぬ無礼だからね。」

と自己紹介した。

意気投合した二人は、そののち、甘酒屋でしばしば会った。ある日馬場が、「私」にこんな話をした。

「昨年の晩秋、ヨオゼフ・シゲティといふブダペスト生れのヴァイオリンの名手が日本へやって来て、日比谷の公会堂で三度ほど演奏会をひらいたが、三度が三度ともたいへんな不人気であった。孤高狷介《ここうけんかい》のこの四十歳の天才は、憤ってしまって、東京朝日新聞へ一文を寄せ、日本人の耳は驢馬《ろば》の耳だ、なんて悪罵したものであるが、日本の聴衆へのそんな罵言の後には、かならず、「ただしひとりの青年を除いて。」といふ一句が詩のルフラン*のやうに括弧でくくられて書かれてゐた。いったい、ひとりの青年とは誰のことなんだらうとそのじぶん楽壇でひそひそ論議されたものださうであるが、それは、馬場であった。」

「私」はその話を半信半疑で聞いていた。馬場の生家は「東京市外の三鷹村下連雀にあり」親爺《おやじ》は「地主

* refrain (仏)くりかえし。

か何かで、かなりの金持ちらし」かった。「私」と馬場は「八十八夜を記念しよう」と浅草へ遊びに行った。小さな露地の両側に並んだ小窓のある家の一つに、「私」の愛している女がいた。それ以後「私」は馬場に肉親のように馴れて甘えて、生まれてはじめて友だちを得たやうな気さえしていた。友を得たと思ったとたんに「私」は恋の相手をうしなった。「私」は苦しんだ。死のうと思っていた。ほどなく暑中休暇となり「私」は本州の北端にある生家に帰り、毎日「庭の栗の木の下で籐椅子《とういす》にねそべり、煙草を七十本づつ吸ってぼんやりくらしてゐた」。馬場から、フランス語の雑誌を出さないか、と記した手紙が着いた。手紙には「アンドレ・ジッドに一冊送って批評をもらはう。ああ、ヴァレリイと直接に論争ができるぞ。あの眠たさうなプルウストをひとつうろたへさせてやらうぢゃないか。」とも書かれていた。まもなく上京した「私」は、馬場とその雑誌の具体的なプランについて語り合った。そして

「春と夏と秋と冬と一年に四回づつ発行のこと。菊倍判*六十頁。全部アート紙**。クラブ員は海賊のユニフォームを一着すること。胸には必ず季節の花を、クラブ員相互の合言葉。──一切誓ふな。幸福とは? 審判する勿れ。ナポリを見てから死ね! 等々。仲間はかならず二十代の美青年たるべきこと。一芸に於いて秀抜の技倆を有すること。」

*たて二五・四センチ、よこ一八・八センチの大きさの書籍。
**写真の印刷などによく使われるつやのある洋紙。

等という規則ができた。

馬場は雑誌の仲間として親類の美術学校生、佐竹六郎を「私」に紹介した。それから五、六日して上野動物園で「私」は佐竹に会った。佐竹は
「馬場がむかし、滝廉太郎といふ匿名で荒城の月といふ曲を作って、その一切の権利を山田耕筰に三千円で売りつけた。」

といい
「嘘ですよ。」

とつけ加え、

「ヨオゼフ・シゲティは、まだですか?」

と「私」にたずねた。それを聞いていた「私」は悲しくなった。別れる直前、佐竹は、明後日、雑誌の最後的プランをきめるため、

「馬場と僕と、それから馬場が音楽学校の或る先輩に紹介されて識った太宰治とかいふわかい作家と、三人であなたの下宿をたづねることになってゐるのですよ。」

と告げた。

やがて当日、早朝「私」の下宿を襲った馬場は、

「思へば、たいへんな仲間ばかり集まって来たものさ。佐竹、太宰、佐野次郎、馬場、ははん、この四人

が、ただ黙って立ち並んだだけでも歴史的だ。さうだ！　僕はやるぞ。なにも宿命だ。……乞食になるか、バイロンになるか。神われに五ペンスを与ふ。」

などといって意気ごんでいた。昼頃、佐竹も来た。三人が待っているところへのっそりとあらわれた太宰は

「派手な大島絣《おおしまがすり》の袷《あわせ》に総絞りの兵庫《へこ》帯《おび》、荒い格子縞のハンチング、浅黄の羽二重《はぶたえ》の長襦袢《ながじゅばん》の裾がちらちらこぼれて見えて、その裾をちょっとつまみあげて坐ったものであるが、窓のそとの景色を、形だけ眺めたふりをして、

「ちまたに雨が降る。」と女のやうな細い甲高い声で言って、私たちのはうを振りむき赤濁りに濁った眼を糸のやうに細くし顔ぢゅうをくしゃくしゃにして笑ってみせた。」

「私」がお茶を取りに行って戻ってくると、馬場と太宰とは口論を始めていた。

「太宰は坊主頭のうしろへ両手を組んで、「言葉はどうでもよいのです。いったいやる気なのかね？」

「何をです。」

「雑誌をさ。やるなら一緒にやってもいい。」

「あなたは一体、何しにここへ来たのだらう。」

「さあ、――風に吹かれて。」

「言って置くけれども、御託宣と、警句と、冗談《じょうだん》と、それから、そのにやにや笑ひだけはよしにしませう。」

「私」もそれに加わった。口論は激化した。「そのうちに君、眼がさめて見ると、――」「おっとそれあ言ふな。」馬場は右手を鼻の先で力なく振って、太宰の言葉をさへぎった。「眼がさめたら、僕たちは生きて居れない。おい、佐野次郎。よさうよ。面白くねえや。君にはわるいけれども、僕は、やめる。僕はひとの食ひものになりたくないのだ。太宰に食はせる油揚げはよそを捜して見つけたらいい。太宰さん、海賊クラブは一日きりで解散だ。そのかはり、――」立ちあがって、つかつか太宰のはうへ歩み寄り、「ばけもの！」

太宰は右の頰を殴られた。平手で音高く殴られた。太宰は瞬間まったくの小児のやうな泣きべそを搔《か》いたが、すぐ、どす黒い唇を引きしめて傲然《ごうぜん》と頭をもたげた。」

そして雑誌の話はそれきりになってしまった。その夜「私」はうす暗いおでんやで馬場と酒をのんだ。馬場は、甘酒屋の菊ちゃんが死ぬほど君に惚れてるぞ、といった。と、突然馬場は泣き出した。

「僕は生れた時から死ぬるきはまで狂言をつづけ了せる。僕は幽霊だ。ああ、僕を忘れないで呉れ！　僕には才分があるのだ。荒城の月を作曲したのは、誰だ。滝廉太郎を僕ぢゃないという奴がある。それほどまでにひとを疑はなくちゃ、いけないのか。嘘なら嘘でいい。――いや、うそぢゃない。正しいことは正しく言ひ張らなければいけない。絶対に嘘ぢゃない」

と芝居のセリフみたいな口調でいいながら。「私」はひとりふらふら外へ出た。雨が降っていた。そのうちに「私」は荒涼たる疑念にとらわれ始めた。「私はいったい誰だらう」と考えて慄然《りつぜん》とした。「私」はまっすぐに走り出した。走れ、電車、走れ、佐野次郎と歌っていた。あ、これが「私」の唯一の創作だ。唯一の詩だと考えながら走り続けた。突然、ライト。「あっ」とここまでが佐野の手記である。佐野は死んだ。馬場は

「あいつ、うまく災難にかかりやがった。僕なんか、首でも吊《つ》らなければをさまりがつきさうもないのに。」

とうらやみ、佐野と遊ぼうと佐竹がこしらえた二百円のうち百円を、泣いている甘酒屋の菊ちゃんに

「百円あげよう。これで綺麗な着物と帯とを買へば、きっと佐野次郎のことを忘れる。水は器《うつわ》にしたがふものだ。」

といって渡し、残りの百円で佐竹と遊びに行こうと決めた。かれらはつぶやく。

「かうしてお互ひに生きてゐるといふのは、なんだか、なつかしいことでもあるな。」

「人は誰でもみんな死ぬさ。」

ダス・ゲマイネの世界

「ダス・ゲマイネ」は、すぐれた物語作者として注目され始めていた太宰が、構成、表現等に、その才能を従横に駆使して作りあげた作品である。

この小説に登場する小説家の「太宰治」が、かれの分身であることはいうまでもないが、芸術家志望の三人の青年、佐野、馬場、佐竹らも、「太宰治」同様、かれの分身である。かれは、その三人が自らの分身であることを明らかにするため、各々について次のように説明している。

佐野（「私」）は、本州の北端の生まれで、フランス文学を学んでいるが、大学の講義にはあまり出席せず、放蕩《ほうとう》し、失恋したあげく、「ひとはなぜ生きてゐなければいけないのか」少しもわからない、とつぶやく男である。一方馬場は、大地主の子で、おしゃれな天才気取りの男であり、佐竹は「老人のやうに生気のない声でぼそぼそ」話し、時々にやにや笑う男である。かれらの姿態は、そのまま過去の、あるいは当時の太宰のそれにほかならない。それればかりではない。「手放しで、節度のない恋をした。好きなのだから仕様がないといふ嗄《しゃが》れた呟《つぶや》きが私の思想の全部であった。」と記す佐野、「僕はあしたあたり死ぬかも知れないからね。」とくり返す馬場、「へんな復讐心を」持っているような男佐竹と、かれらにはすべて、当時の太宰の内面が分け与えられている。

太宰はこの作品で、前述した四人の青年の、天才芸術家を気取ったデカダンな生態を描くことによって

「当時、私には一日一日が晩年であった」

という自らの内面を表白しているのである。

また、かれはこの作品で、そういうどこか虚無的な世界の描写にふさわしい表現を案出している。

「そのうちに、私は荒涼たる疑念にとらはれはじめたのである。私はいったい誰だらう、と考へて、慄然とした。………私は、まっすぐに走りだした。歯医者。小鳥屋。甘栗屋。ベエカリイ。花屋。街路樹。古本屋。洋館。走りながら私は自分が何やらぶつぶつ低く呟《つぶや》いてゐるのに気づいた。——走れ、電車。走れ佐野次郎。走れ、電車。走れ、佐野次郎。出鱈目《でたらめ》な調子をつけて繰り返し繰り返し歌ってゐたのだ。あ、

これが私の創作だ。私の創った唯一の詩だ。なんといふだらしなさ！　頭がわるいから駄目なんだ。だらしがないから駄目なんだ。ライト。爆音。星。葉。信号。風。あっ！」

その典型的な一節である。「あっ！」と叫んで死んだ佐野の手記である。めまぐるしく交錯する時、リズミカルなくり返し。羅列された名詞。「私」の言動をみつめる「私」と、このような文体は、ヨーロッパの前衛芸術家、ダダイストやシュウル・リアリストの表現方法である。かれはこの作品で随所にこういう表現を用いている。しかし、それは「ダス・ゲマイネ」が西欧風な作品であるということをは意味しない。例えば、打ちひしがれて、なぜ生きていなければならないのかと自問自答する「私」だが、生家にかえったかれは庭の籐椅子《とういす》にねそべって煙草ばかりをふかす無為な日を送り、自らの苦悩を積極的な形で解決しようとはしない。また馬場も

「ほんとうの愛情といふものは死ぬまで黙ってゐるものだ。」

とのべ、佐野の死を聞いて、

「生きてゐるといふのは、なんだか、なつかしいことでもあるな。」

などという男である。かれらの言動は、いかにも古風で、情緒的、日本的である。そしてこの作品の全編はこういう雰囲気《ふんいき》によって支配されている。

また佐野次郎左衛門というあだ名だが、それは「私」がいうように「昔のひとの名で」あり、三代河竹新七の歌舞伎脚本『籠釣瓶花街酔醒《かごつるべさとのゑひざめ》』に登場する主人公の名でもある。この世話物狂言は、父の悪行の報いで

ひどい痘面《あばた》となってしまった佐野の次郎左衛門が、精出して働いて大金持ちとなり、吉原の名妓八ッ橋を見染めたが、まもなく捨てられ、彼女を殺し、合わせて数人を殺すというすじだが、失恋して苦しんでいる「私」に、その名を与えたところなど、何ともユーモラスである。

「ダス・ゲマイネ」はこのように、太宰が野心的、実験的な方法を駆使することによって、自らの内面を定着することに成功した作品である。そして「歴史的にさへずば抜けた作品である」というかれの自信の拠り所は多くそこにあったのであるが、それはともかく、「ダス・ゲマイネ」が

前期（昭和八年―同十二年）
中期（昭和十三年―同二十年）
後期（昭和二十一年―同二十三年）

の三期に区分できる太宰の文学的生涯の、前期を代表する作品であるということは、否めない事実である。

「姥《うば》捨《すて》」

道行の記　「姥捨」は昭和十三年十月の『新潮』に発表され、のち砂子屋書房から刊行された『女生徒』に収められた短編小説である。

太宰はこの作品を東京天沼の鎌滝方で書いた。昭和十三年八月のことである。「ダス・ゲマイネ」を発表してから、ほぼ三年の歳月が過ぎ去っていた。その間にかれは、終生瞬時も忘れられなかったほどの衝撃的な体験をした。昭和十一年十月の精神病院、武蔵野病院への入院がそれである。この病院に一月ほど入院して、かれのパビナール中毒は全治した。そしてそこを退院した夜から、かれは「HUMAN LOST」を書き始め、次いで熱海に行き、「二十世紀旗手」を書いた。ともに精神病院での日々を素材とした作品である。帰京したかれは「あらゆる望みを放棄した薄よごれた肉体を、ごろりと」初代の傍に横たえた。もうこの辺がどん底だろうと思っていた。だが、まだまだ、それはどん底ではなかった。翌十二年の早春、かれは親しくしていた「ある洋画家から思ひも設けなかった意外の相談を受けたのである」。かれの入院中、初代とその男とはかなしいあやまちを犯していた。ふたりは結婚させて下さい、と嘆願した。だが、間もなくその男は、初代から遠ざかっていった。かれの傍で初代は死を決意していた。かれは、ふたりでいっしょに死のうと思った。ふたりは水上温泉に向かった。昭和十二年三月のことである。間もなく初代はひとり故郷へ帰っていった。かれも鎌滝方に転居し、うす暗い下宿の部屋で無為《むい》な日々を送

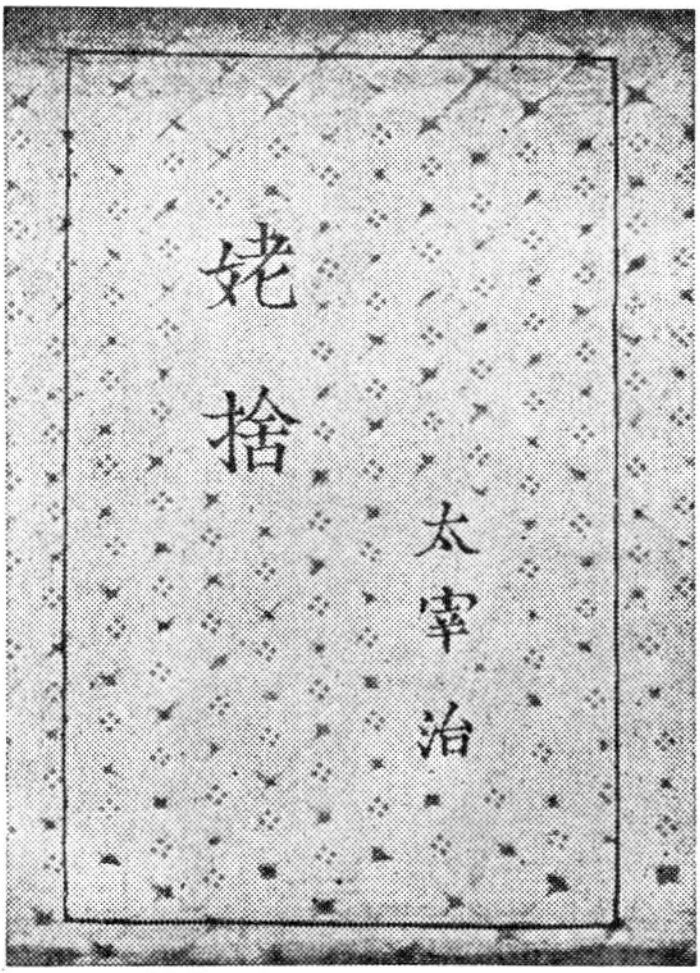

『姥　捨』の表紙

っていた。

そして昭和十三年「私は、その三十歳の初夏、はじめて本気に、文筆生活を志願した」。何一つ道具らしい道具のない下宿の部屋で、かれは今度は遺書として書くのではない、「生きて行くために」書くのだ、と思いながら筆をとっていた。世人が「こぞって私を憎み嘲笑して」いる中で、恩師の井伏鱒二だけは、かれをはげましつづけていた。同じころ、かれは井伏鱒二から嫁をもらわないかとすすめられていた。この年八月十一日の井伏にあてた手紙には

「こんどのお嫁のお話は、私、そのお話だけで、お情どんなにかありがたく、いままで経験したこともなかったあたたかい世間をみせていただいたやうな気がいたし、もう、井伏さんのお言葉だけで、私は、充分に存じなければなりませぬ。私ごときに、ごめんどう見て下さってもうどんなにか恐縮か存じませぬ。」

と記されている。かれは何とかして、井伏の暖かい心づかいにこたえようとした。それには良い作品を書く以外に方法はなかった。だが、そのころのかれの下宿は文学青年たちのたまり場となり始めていた。そんな中でかれはひそかに、少しずつ作品を書いていた。当時のかれについて長尾良は

「二ケ月近く、毎日毎日、殆ど四六時中太宰と一緒に遊んでいて、太宰が小説を書いている現場は一度も見たことがなかった。それでも、夜中に私達が引き揚げて了《しま》った後とか、朝早く起きて私達が出掛けないうちに書いていたようで、太宰はやはり偉いところがあった。」(『太宰治その人と』)

とのべている。ある朝、長尾の下宿をたずねた太宰が、一日だけ部屋を貸してくれ、といったことがあっ

た。夕刻、長尾が部屋に帰ると、横になっていた太宰は「起きて原稿を整理して、「昨夜、十六枚書いていたんだ。今日はここから書いたんだ」と、見せて呉れた。ごく短かい三十枚余りの短篇であったが、それが「姥捨」であった。」(『太宰治その人と』)

太宰自身はこの「姥捨」についてつぎのようにのべている。

「やがて、「姥捨」という作品ができた。Hと水上温泉へ死にに行った時の事を、正直に書いた。これは、すぐに売れた。」(「東京八景」)

姥捨のあらすじ

早春のある日、あやまちを犯した妻かず枝と、妻をそのような行為にまで追いやるほど、日常の生活を荒廃させてしまった夫の嘉七とは、互いに身の始末を、死ぬことによってつけようと思った。ふたりはありったけの金を持ち、身のまわりの品は質に入れた。質屋から出てきたかず枝は「成功よ。大成功。」とはしゃいでいた。そんな妻を夫は、この女は死なせてはいけない、「死ぬことを企てたといふだけで、この人の世間への申しわけが立つ筈だ。それだけで、いい。この人は、ゆるされるだらう。」と思っていた。ふたりはあちこちで薬品を買い求めた。映画を見た。映画を見ながら夫は「このひとは、映画を見てゐて幸福になれるつつましい、いい女だ。」と思ひ、「こんなひとが死ぬなんて、間違ひだ。」と思っていった。

ですから。」

「死ぬの、よさないか？」

「ええ、どうぞ。」うっとり映画を見つづけながら、ちゃんと答へた。「あたし、ひとりで死ぬつもりなんですから。」

日が暮れていた。それからふたりはすし屋に入り、漫才を聞いた。外に出た時、嘉七はいった。

「水上に行かう、ね」

と。前年ふたりはそこでひと夏をすごした。水上と聞いた妻は

「あ、そんなら、あたし、甘栗を買って行かなくちゃ。をばさんがね、たべたいたべたい言ってたの。」

といった。かず枝はその小さな宿の老妻に甘え、愛されていた。やがてふたりは車中の人となった。

朝四時、水上駅に着いたふたりは、車で宿に向かった。宿に近づくとかず枝はすっと駆けよっていった。

「あたしに叩かせて、あたしが、をばさんを起すのよ。」

宿の老妻は、ぽつんといった。

「よく来たねえ。」

外は寒く、明るみ始めていた。まっ白な山腹が、目の前にあらわれた。谷間には朝霧の底に一条の谷川が黒く流れていた。野天風呂にはいったふたりは死に場所について語りあった。宿に戻ると床が敷かれていた。酒をのみ始めた嘉七が

「おい、もう一晩のばさないか？」

というと、かず枝は雑誌から目を離さずに
「ええ、」

と答えた。ふたりはしばらく眠って、昼すぎに宿を出た。老妻がふたりを追いかけてきた。彼女はふたりに
「真綿だよ。うちで紡《つむ》いで、こしらへた。何もないのでな。」

といいながら紙包みをさし出した。ふたりは何かしらほっとした。

雪の残っている山中を、ふたりはここか、あそこか、と言いあいながら歩いていた。間もなく杉林の中に小さな草原を見つけた。かず枝はハンカチを敷いて坐った。次々に薬品の封が切られた。薬を常用していた嘉七は、掌からあふれるほどの錠剤を泉の水でぐっと呑みこんだ。かず枝もまねた。ふたりは並んで横になった。しばらくの後、

「寒い。眼をあいた。まっくらだった。月かげがこぼれ落ちて、ここは？――はっと気附いた。」

このうえは妻を死なせてはならないと思い、嘉七は這《は》いまわって妻を探した。彼女は崖の下に落ちていた。かすかに脈搏があった。夫は「なあんだ。ばかなやつ。生きてゐやがる。偉いぞ、偉いぞ。」と思ったとたん、再び深い眠りにおちていった。

再度、目がさめた時、傍のかず枝は大きないびきをかいて安楽そうに眠っていた。と、突然かず枝が叫んだ。

「をばさん。いたいよう。胸がいたいいよう。」

からだを苦しげにくねくねさせていた。再び、

「をばさん。寒いよう。火燵《こたつ》もって来てよう。」

と叫んだ。嘉七はしっかりしなければと、よろよろと立ちあがり、妻を抱きかかえて、杉林の奥に引き返そうとした。その時、かれは「ああ、もういやだ。この女は、おれには重すぎる。いいひとだが、おれの手にあまる」わかれよう、とはっきり決心した。夜明けが近かった。たっぷり眠ったかず枝は元気になっていた。ふたりは坐ったまま、今後について相談し、かず枝はいったん宿に戻ることになり、嘉七はひとり汽車で東京へ帰っていった。

姥捨の世界

「姥捨」は自らの未遂に終わった心中事件を描いて、不快な暗さを少しも感じさせない作品である。ここには思いつめ、死を決意した二人の男女の澄明《ちょうめい》な心理が素直に、鮮明に描かれている。また、この作品の全編には、清新なリリシズム（抒情精神）が、あふれるように流れている。

「姥捨」に登場するかず枝と嘉七とは、ともに、典型的なタイプの人間として設定されている。かず枝は無智で、「信頼の天才」のような女である。彼女の犯したあやまちは、盲目的な信頼の結果であった。その言動はきわめて無邪気で、罪がない。死にに行く金を作るため、質屋に行き、わずかな金を借りることに成功してはしゃいだり、映画を見てささやかな幸福感に浸《ひた》れたり、水上の宿の老婆に、好きな甘栗を土産《みやげ》としたり、死に失敗して「とうさん、すみません」とぴょこんと頭を下げたりする女である。また彼女は、自ら

犯したあやまちを死で償《つぐな》おうと簡単に思いこんでもいる。そういう彼女の行為には、意識と行動との分裂はなく、その二つは密着している。

一方の嘉七は、自我の分裂に苦しむ典型的な現代人である。かれの行為には確固とした指針や支柱はない。かれは自らの過去をかえりみて、

「わら一本、それにすがって生きてゐた」

という。そんな彼だから、妻のあやまちを知ってふっと死にたくなり、そうしようと決意してからも、健康な妻だけは、死なせてはならないと思いつづけているのである。かれの言動は自我を喪失した者のそれである。こういう対照的な性格をもつ人間ふたりが死に赴こうとする過程が、「姥捨」ではごく自然に語られている。死の意識にとらわれつづけているふたりのかわす会話により、物語はたえず緊張する。「姥捨」がリリカルな作品となりえた原因は、素朴で無垢《むく》なかず枝という人間像を定着させたことと、その夫が、健康な精神の持ち主である妻を何とか死なせまいと努めるところに求められよう。

しかし、太宰が自らの汚辱《おじょく》にみちた体験を、このようにリリカルな世界にまで高めるためには、その日から数えてほぼ一年六カ月が必要であった。水上からひとり帰京したかれは、その後、初代の伯父で、同時にかれの友人でもあった吉沢祐と前後策についてあれこれ相談した。当時のかれについて吉沢はつぎのようにいっている。

「太宰は初代との再出発を希望したが、私は眼前の、疲れはてて、着のみ着の儘《まま》の初代がふびんに思わ

れ、説得の意志も挫《くじ》けた。」(「太宰治と初代」)

と。そして初代はひとり故郷青森の両親の許に帰っていった。

「その晩、私と太宰は酒をあおり、裏まちを彷徨《さまよ》うた。こんな時、人は童心にかえるものであろうか……私達は手を握り合って歩いていた。これを感傷と云うか……二人はこれまで通りつき合おう、といった。」

間もなく、太宰の内には苦悩をこえて生きようとする意欲がもえ始めた。何とかして良い作品を残そうという気持と、新生を告げる結婚へのかすかな期待とが、かれの内に芽生え始めていた。「姥捨」で息をふき返した嘉七に、太宰はつぎのようにいわせている。

「単純にならう。単純にならう。男らしさ、ということの言葉の単純性を笑ふまい。人間は、素朴に生きるより、他に、生きかたがないものだ。」

かれの内に、このような意欲的、向上的な姿勢があったからこそ、暗い体験を素材とした「姥捨」が、リリカルな作品となり得たのである。

「姥捨」はかれの転生の記録であるとともに、苦渋《くじゅう》にみちた前期の文学から、明るく安定した文学――中期の文学への橋わたしとなった作品である。

富嶽百景

「富嶽百景」は昭和十四年の二月から三月にかけて『文体』に発表され、のち透谷《とうこく》文学賞を受けた短編集『女生徒』に収められた作品である。かれはこの作品の大部分を、甲府市郊外の御崎町の新居で執筆した。

甲府での作

透谷文学賞の賞牌

昭和十三年の九月、「姥捨」の原稿料で質屋からよそ行きの着物一枚を受け出したかれは、井伏鱒二の滞在する甲府御坂峠の天下茶屋に向かった。そして十一月、かれは石原美知子と婚約し、翌十四年の一月八日、東京杉並の井伏家で結婚式をあげた。すべて、恩師井伏鱒二の暖かいはからいであった。式が終わって間もなく、ふたりは甲府市御坂町五六番地の小さな借家に移り住んだ。この結婚が、かれの文学と生涯にとってどんなに重要な意味を持つか、ということは、かれの井伏にあてた次のような書簡に明らかである。

「私もきっといい作家になります。お名をはずかしめないやう、高い精進いたします。くるしいこともございました。でも、ほんとうにおかげさまでございました。一日一日愚かな私にも、井伏様、御一家様の、こまかい、お心使ひ、わかってまゐり、「感奮」といふ言葉を、実感でもって、ほとんど肉体的に、ショックされて居ります。

仕事します。

遊びませぬ。

うんと永生きして、世の人たちからも、立派な男と言はれるやう、忍んで努力いたします。

けっして、巧言では、ございませぬ。

もう十年、くるしさ、抑制し、少しでも明るい世の中つくることに、努力するつもりで、ございます。

このごろ何か、芸術に就いて、動かせぬ信仰、持ちはじめて来ました。

たいてい、大丈夫と思ひます。」(一月十日)

甲府でのほぼ半年は、かれの生涯において、最も平静な、安定した一時期であった。のちにかれは当時をつぎのように回想している。

「私のこれまでの生涯を追想して、幽《かす》かにでも休養のゆとりを感じた一時期は、いまの女房を井伏さんの媒酌《ばいしゃく》でもらって、甲府市の郊外に最小の家を借りて住み、午後の四時頃から湯豆腐でお酒を悠々と飲んでゐたあの頃である。」(「十五年間」)

「富嶽百景」はかれが御坂峠に滞在し、夫人と見合いした前後を書いた小説で、夫人はその一部は口述筆記であったとのべている。

富嶽百景のあらすじ

富士の頂角は、広重*で八十五度、文晁**《ぶんちょう》で八十四度くらい、富士の絵はたいてい鋭角である。いただきが、細く、高く華奢《きゃしゃ》である。けれども実際の富士は鈍角も鈍角、のろくさと広がっている。十国峠から見た富士だけは高かった。東京のアパートの窓から見る富士はくるしい。

昭和十三年の初秋、私は思いをあらたにする覚悟で、かばん一つを持ち、甲州御坂峠にたどりついた。頂上の天下茶屋に井伏鱒二氏が滞在して仕事をしておられた。私もその隣室に落着いた。昔から富士三景の一つに数えられている、この峠から見る富士は、まるで風呂屋のペンキ画だ。私は井伏氏と三つ峠に登った。頂上の展望台についたころ、濃霧が吹き流れて来て、何も見えない。茶屋の老婆は気の毒がり、富士の大きな写真を見せてくれた。

その翌々日であったろうか、私は御坂峠を引きあげる井伏氏のともをして甲府に下り、娘さんと見合いをした。井伏氏と母堂はよもやま話をしておられた。井伏氏がふと長押《なげし》を見上げて「おや、富士」とつぶやいた。私もそれを見上げて、視線をかえるとき、ちらと娘さんを見た。きめた。多少の困難があっても、この人と結婚しようと思った。井伏氏は帰京された。私は再び御坂峠にひき返し、九、十、十一月と少しずつ仕事を進めていた。ある日、大学の講師をしている友人がたずねて来た。二人で富士を見ていると、墨染めのころもを着た男が長い杖を引きずりながら峠をのぼって来た。

*安藤広重(一七九七〜一八五八)　江戸時代の浮世絵師。風景画をよくした。
**谷文晁(一七六三〜一八四〇)　江戸後期の画家。

「富士見西行、といったところだね。かたちが、できてる。」

私は、その僧をなつかしく思った。やがて、犬に吠《ほ》えられた僧は、取り乱し、退散した。私は、富士も俗なら、法師も俗だと、馬鹿らしく思った。

近くの町の文学好きな青年が私をたずねてきた。私は青年たちから「先生」とよばれた。私はまじめにそれを受けていた。苦悩だけは、その青年たちに「先生」とよばれて恥ずかしくないほど経てきたと思いながら……。ある夜、私は青年たちと吉田の町で酒をのんだ。ひとり宿に残された私は眠られず、どてら姿で外に出た。

「おそろしく、明るい月夜だった。富士が、よかった。月光を受けて、青く透きとほるやうで、私は、狐に化かされてゐるやうな気がした。」

翌日、私は峠に帰ってきた。

富士に初雪が降った。宿の娘さんは興奮して叫んだ。

「お客さん！　起きて見よ！」

山頂が、まっ白に光り輝やいていた。私は宿の庭に掌《てのひら》一ぱいの月見草の種子をまいた。ことさらに月見草をえらんだわけは、富士には月見草がよく似合うと思いこんでいたからである。ある日、麓《ふもと》の村に郵便を取りに行った帰りのバスで、同席した老婆がぼんやりとひとこと

*富士を見る西行法師としゃれていったもの。

「おや、月見草」

と言って路傍の一か所を指さしたことがあった。私の目には、ちらと見た月見草のあざやかな花弁が消えず残っていた。

「三七七八米《メートル》の富士の山と、立派に相対峙《あいたいじ》し、みぢんもゆるがず、なんと言ふのか、金剛力草とでも言ひたいくらゐ、けなげにすっくと立ってゐたあの月見草は、よかった。富士には、月見草がよく似合ふ。」

そのころ私の結婚話は一頓挫のかたちであった。生家からの助力が全然ないとはっきりわかったからである。私は娘さんと母堂に事情を話した。母堂は品よく笑いながら、あなたが、

「愛情と、職業に対する熱意さへ、お持ちならば、それで私たち、結構でございます。」

といった。私は目頭の熱くなるのを感じていた。

十月の末、この峠を正装した花嫁さんが登ってきた。茶屋で一休みした花嫁さんは、茶店を出て、富士を眺めた。と間もなく、花嫁さんは、富士に向かって大きなあくびをした。私は年甲斐もなく顔を赤くした。

十一月の御坂峠は寒かった。都会風の娘二人が登って来た。富士を背に二人並んで写真をとって下さい、と頼まれた私は、澄ました二人をレンズから追放して、富士だけをレンズ一ぱいにキャッチした。何も知らないふたりは声をそろえて礼を言った。

その翌日、私は山を下りた。甲府の町から見た富士は

「山々のうしろから、三分の一ほど顔を出してゐる。酸漿《ほほづき》に似ていた。」

「富嶽百景」は、太宰の明るく安定した中期の文学の冒頭をかざる短編であり、素直に描かれた自伝風な作品である。

富嶽百景の世界

「富嶽百景」という題名は、富士のさまざまな姿というほどの意味であろうが、かれはここで、富士の姿そのものを描くことを目的としたのではなく、「富士という大自然と対決した」自らの姿を描こうとしたのである。

この作品には、実にさまざまな富士が登場する。まず広重の富士が、つづいて文晁の富士、陸軍実測図の富士、「富嶽三十六景」で有名な浮世絵師、葛飾北斎の富士、十国峠から眺めた富士と登場し、一転して

「東京の、アパートの窓から見る富士は、くるしい。」

と、「私」の三年前の冬の苦悩を、ちらっとのぞかせる。

御坂峠から眺めた富士は、昔から富士三景の一つに数えられているが、あまりよくできすぎていて、まるで

「風呂屋のペンキ画だ。」

ひと目みて、「私」は狼狽《ろうばい》し、顔をあからめた。「恥かしくてならなかった」のである。

井伏さんと登った三つ峠では、折からの濃霧で、富士は見えなかった。同情した茶店の老婆は、大きな写真の富士を高くかかげて、懸命に注釈した。富士は

「ちょうどこの辺に、このとほりに見えます」

と。「私」はそれを見て、明るく笑った。老婆の善意が身にしみてうれしかったのである。

十月の末、ふもとの町から遊女の一団が、御坂峠にやってきた。彼女たちのくりひろげる光景は「暗く、わびしく、見ちゃ居《お》れな」かった。暗い気分に浸っていた「私」は、突然、富士にたのもうと思いついた。

「おい、こいつらを、よろしく頼むぜ」

と、そんな気持でふり仰いだ富士は、「どてら姿に、ふところ手して傲然《ごうぜん》とかまへてゐる大親分のやうにさへ」見えた。「私」は大いに安心し、心も軽くなった。

このように「富嶽百景」に登場する富士は、さまざまな姿をとつて、「私」の眼前にあらわれる。そして、その姿には、折々のかれの心象が投影され、鮮やかに定着されている。太宰は「富嶽百景」で、このような方法によって自らの内面を告白している。また、この作品には、富士ばかりではなく、富士をとりまくすがすがしい風物や、素朴で善良な人々も登場する。

「三七七八米の富士の山と、立派に相対峙し、みじんもゆるがず、なんと言ふのか、金剛力草とでも言ひたいくらゐ、けなげにすっくと立ってゐたあの月見草は、よかった。

富士には、月見草がよく似合ふ。」

全文中の圧巻である。簡潔で力強く、それでいて美しく叙情的な一節である。すっくと立っていた月見草には、当時のかれの、けなげに生きようとする、「祈り」にも似た決意が、ひそかに託されている。

また、原稿を書けなくなった「私」を、十五になる茶屋の娘は、

「あたしは毎朝、お客さんの書き散らした原稿用紙、番号順にそろへるのが、とってもたのしい。たくさんお書きになって居れば、うれしい。ゆうべもあたし、二階へそっと様子を見に来たの」

といってはげます。「私」は、これは「人間の生き抜く努力に対しての、純粋な声援である」と激しくうたれ、同時に、そんな彼女を美しいと思ったという。そう感じる「私」の心情もまた、純粋で、透明であった。このように、すがすがしい自然や、純朴《じゅんぼく》な人情に託して、自らの澄んだ心象をうたいあげた「富嶽百景」の世界は、美しい。そしてその美しさは、文学に精進し、結婚して再出発しようとする、当時のかれの決意と希望との結晶であることはいうまでもない。

太宰が「富嶽百景」を発表した昭和十四年は、第二次世界大戦が始まった年である。文壇では国策文学の氾濫《はんらん》が始まっていた。暗く重苦しい時代であった。そういう雰囲気の下で、明るく、叙情的な「富嶽百景」は、ひときわ目立つ作品であった。

「走れメロス」

「走れメロス」は昭和十五年五月の『新潮』に発表され、同年六月に河出書房から刊行された『女の決闘』に収められた短編小説である。

シルレルの詩から

太宰はこの作品を、昭和十四年九月に、甲府から転居したばかりの東京三鷹下連雀の新居で書いた。その前後はかれの私生活も、文学活動もきわめて充実し、安定していた時代である。甲府御崎町での三、四ヵ月は、かれがその生涯で「幽《かす》かにでもゆとりを感じ」ることのできた短い一時期であった。そういう生活をふり捨てて、暗い思い出にみちた東京に戻るということは、かれにとってかなりの覚悟を要することであった。三鷹に新居を借りる際にも、

「二十七、八円の家賃を出せば、も少しいゝ家もあったのだけれど、生活は最低に、背水の陣を布いておきたいといって、二十四円の小さい家をそれも三軒並びの一番奥をえらんで借りるといふ消極戦法であった。」

と夫人は回想しているが、この辺からも当時の太宰の覚悟のほどはうかがわれよう。

そして三鷹におちついたかれは、わびしい食事をしながら、

「僕は、こんな男だから出世も出来ないし、お金持にもならない。けれども、この家一つは何とかして守って行くつもりだ。」

と夫人に語ったという。この家は結局、太宰の「終《つい》の栖《すみか》」となった。

当時、かれは毎日規則正しい執筆をつづけていた。執筆意欲はきわめて旺盛であった。甲府で「富嶽百景」を書いてから、「走れメロス」を発表するまでのほぼ一年半ほどの間に、かれは三十編ちかい作品を発表している。それらの作品と、昭和十四年三月の『国民新聞』短編コンクールに応じて、上林暁の「寒鮒」とともに当選した「黄金風景」や、「姥捨」「富嶽百景」等を収めた単行本『女生徒』の第四回透谷文学賞受賞などで、かれは文壇で中堅作家としてのゆるぎない地位をきずいていた。

昭和十五年一月、かれは『三田新聞』に、自由と正義へのあこがれを高唱してドイツの詩人シルレル（シラー）について、

「シルレルはもっと読まれなければならない。今のこの時局に於《お》いては、尚更、大いに読まれなければいけない。おほらかな、強い意志と、努めて明るい高い希望を持ち続ける為にも、諸君は今こそシルレルを思い出し、これを愛読するがよい」（「心の王者」）

と書いて、学生たちにシルレルを読むことを強くすすめたが、これは「走れメロス」を発表する直前のことであった。

「走れメロス」は、「あとがき」に「古伝説とシルレルの詩から」とあるように、シルレルの詩 "Die

Bürgschaft"（「担保《たんぽ》」）と、その詩の材料となった古伝説から材をとった作品である。

また、かれは「走れメロス」以前にも、ヨーロッパの作品から材をとった小説を二編ほど発表している。その一つは昭和十五年一月から『月刊文章』に連載した「女の決闘」で、この作品はドイツ十九世紀の詩人ヘルベルト・オイレンベルグの短編小説「女の決闘」（森鷗外訳）を素材としている。もう一編は同年二月の『中央公論』に発表した「駈込み訴へ」でこのほうは『新約聖書』に材をとった作品である。

このように、よく知られた作品や物語を素材として作品をつくることは、一見やさしいことのようにみえるかもしれないが、その実、かなりむずかしいことである。「よほど目新しい意図を持つか、新しい解釈がなければやれるものではない」のである。太宰は、それがむずかしいことであると充分知っていた。しかし、かれはあえてそれをした。かれはいっている。私はよく知られた作品に素材をかりて、

「いささか読者に珍味異香を進上しようと努めるつもりである。」

と。

走れメロスのあらすじ　メロスは村の牧人である。笛を吹き羊と遊んで過ごしてきた。けれどもメロスは、邪悪に対しては人一倍敏感であった。かれには父も母も妻もない。近く結婚式をあげる、十六になる妹とふたりぐらしだ。メロスは妹の衣裳や御馳走を買いにシラクスの市《まち》にやって来て、先ず、その品々を買い集め、竹馬の友、石工のセリヌンティウスを訪ねようとした。その途中、市がやけに寂しいことに気づいた。道で会った老爺に、かれはそのわけをきいた。老爺は、王が人を疑い、殺してばかりいるといっ

た。聞いてメロスは激怒した。

「呆《あき》れた王だ。生かして置けぬ。」

買い物を背負ったままかれは王城に入っていった。たちまち警吏《けいり》にとらえられ、短剣を持っていたことから騒ぎは大きくなった。メロスは王の前に引き出された。暴君ディオニスは、この短剣で何をするつもりであったかと、威厳をもって問いつめた。

「市を暴君の手から救ふのだ。」

と、メロスは悪びれず答えた。激しいことばのやりとりがあった。王は憫笑《びんしょう》していった。

「いまに、磔《はりつけ》になってから、泣いて詫《わ》びたって聞かぬぞ。」

メロスはためらいながら「処刑までに三日間の日限を」与えて下さいといった。かれには妹の結婚式が気がかりであった。王は拒《こば》んだ。メロスは友人のセリヌンティウスを王城に人質としておく、といった。やがてセリヌンティウスが王城に召された。友は人質として残ることを承知した。

メロスは村に向かった。一睡もせず急ぎに急いで、翌朝村に着いた。かれは妹に、明日結婚式をあげよ、と命じた。結婚式は終わった。三日目の早朝、メロスは雨の中を市に向かった。「私は、今宵、殺される。殺される為に走るのだ。」さらばふるさと。若いメロスはつらかった。大声あげて自身を叱りながら走った。ほぼ半分をすぎたころ、折からの雨で増水した川がかれの前に立ちはだかった。意を決したかれは、激流の中に飛びこんだ。満身の力をこめて激流と闘って、やっと対岸にたどりついた。かれがほっとした矢先、山賊が躍り出た。メロスは山賊を殴り倒して走り抜けた。午後の灼《しゃく》熱の太陽がまともにかれに照りつけた。かれは幾度となくよろめいた。かれの内に、路傍に寝ころびたい、という欲望がめばえた。かれはそれと闘った。そして、「正義だの、信実だの、愛だの、考えてみれば、くだらない。人を殺して自分が生きる。それが人間世界の定法ではなかったか」、どうとも勝手にしろ、と手足を投げ出してまどろみ始めた。ふと耳に泉の音が聞えた。かれは起きあがり、一口、それを飲んで夢からさめた。行こう、「私は、信じられてゐる」信頼に報いなければならぬ。

「いまはただその一事だ。走れ！メロス」

メロスは走った。陽は沈みかけていた。やがて刑場が見えてきた。全裸に近い姿でメロスは走った。刑場に突入した時、磔《はりつけ》の柱は、すでに高々と立てられていた。メロスは群衆をかき分け、かき分け、「殺されるのは私だ」とかすれた声で叫びつづけていた。ついに磔台に到達した。友の足にかじりついた。群衆はどよめいた。友の縄はほどかれた。メロスは高く友の名を呼んで叫んだ。

「私を殴れ。ちから一ぱいに頬を殴れ。私は、途中で一度、悪い夢を見た。君が若《も》し私を殴ってくれなかったら、私は君と抱擁《ほうよう》する資格さへないのだ。殴れ。」

セリヌンティウスはすべてを察し、音高くメロスの頬を殴った。ついで彼はいった。

「メロス、私を殴れ。同じくらゐ音高く私の頬を殴れ。私はこの三日の間、たった一度だけ、ちらと君を疑った。生れて、はじめて君を疑った。君が私を殴ってくれなければ、私は君を抱擁できない。」

メロスは腕にうなりをつけて友の頬を殴った。「ありがたう。友よ」ふたりは同時にいい、ひしと抱き合い、うれし泣きに声を放って泣いた。群衆の中からもすすり泣きの声が聞こえた。やがて暴君ディオニスは、静かにふたりに近づいていった。

「どうか、わしも仲間に入れてくれまいか。どうか、わしの願ひを聞き入れて、おまへらの仲間の一人にしてほしい」

と。群衆の間に

「万才、王様万才」

と歓声がわき起った。

ひとりの少女が緋《ひ》のマントをメロスにささげた。よき友は気をきかせて教えてやった。

「メロス、君は、まっぱだかぢやないか。早くそのマントを着るがいい。」

勇者は、ひどく赤面した。

走れメロスの世界

「走れメロス」は正義と友情の美しさをうたいあげた作品である。文章は簡潔で力強く、構成はドラマティックで、全編に躍動的なリズムがみなぎっている。

主人公メロスは、正義と信実とを守るためには、一命を捧《ささ》げることをも辞さぬ男である。メロスは結婚する妹に

「人を疑う事と、それから、嘘をつく事」とは、絶対にしてはいけないと教えこむ。またかれは、身代わりとなって殺されようとしている親友、セリヌンティウスの待つ刑場に

「走るのだ。信じられてゐるから走るのだ。間に合ふ、間に合はぬは問題でないのだ」

といいながら、疾風のように走りこむ。かれにとって、死は問題ではなかった。友のあつい信頼に立派にこたえること、それのみが、すべてであった。

また、竹馬の友、セリヌンティウスもメロスを信じて身代わりの人質になろうとする男である。

メロスに向かい

「おまへなどには、わしの孤独の心がわからぬ」

と叫ぶ暴君ディオニスは、人間不信の孤独地獄に苦しむ人物である。この王から、死期と死に場とを約束されたメロスは、正義と信実とを守るため、走りに走って、ついに約束の時に間に合った。王はいう、

「おまへらの望みは叶《かな》ったぞ。おまへらは、わしの心に勝ったのだ。信実とは、決して空虚な妄想ではなかった。どうか、わしも仲間に入れてくれまいか」

と。メロスの信実は、とうとう邪智暴虐の王の心を征服した。信実の勝利、大団円である。

この物語は、結果においては大団円であるが、主人公メロスに三日という生の期限を与えたことにより、全編に絶えず危機感、緊迫感がみなぎっている。だが、それは太宰の創作ではなく、古伝説とシルレルの詩のストーリーによったものである。太宰が「走れメロス」で古伝説に添えた「珍味異香」とは、まず正義の

人、信実の人メロスの心理を巧みに描いて、その性格を確立したということであろう。妹の結婚式を終え、故郷から処刑場に向かうメロスを

「さらば、ふるさと、若いメロスは、つらかった。幾度か、立ちどまりさうになった。えい、えいと大声挙げて自身を叱りながら走った。」

と描き、さらに疲れ切ったメロスの内に芽生えた心の迷いを

「ああ、何もかも、ばかばかしい。私は醜い裏切り者だ。どうとも、勝手にするがよい。」

と描いている。太宰はこのように英雄メロスを、安易な道を選ぼうとしたり、誘惑に心を動かされたりする弱さを持つ、いたって人間的な男としている。

次にその文章についていえば、これは太宰のまったくの創作である。その冒頭は、

「メロスは激怒した。必ず、かの邪智暴虐の王を除かなければならぬと決意した。」

と決然と、力強く書き出され、一転して

「メロスは、村の牧人である。笛を吹き、羊と遊んで暮して来た。」

とつづけられ、静かな世界が現出する。また、

「路行く人を押しのけ、跳ねとばし、メロスは黒い風のやうに走った。野原で酒宴の、その宴席のまっただ中を駈け抜け、酒宴の人たちを仰天させ、犬を蹴とばし、小川を飛び越え、少しづつ沈んでゆく太陽の、その十倍も早く走った。」

という描写などは、作者とメロスとの間の距離をまったく感じさせないし、音楽的、律動的な美しさにみちている。同様な描写は、文中いたるところにあり、「走れメロス」の緊迫した世界の描出に、よくマッチした、効果的な文体となっている。

このようにして太宰は、素材を古典から借りて、「自らの小説」を創造するという野心的な試みに成功した。またその世界には、虚無や頽廃の影は少しも無く、健康な美しさがあふれている。こうして「走れメロス」は、太宰の中期の文学の、明るく健康な面を代表する作品となったのである。

「津軽」

新風土記　『津軽』は「新風土記叢書」の第七編として書き下ろされ、昭和十九年十一月、小山書店から刊行された。

太宰はこの作品を同じ年七月の末に、三鷹の家で書きあげている。小山清にあてた八月一日付けの葉書には

「あちこち往来しながら、それでも「津軽」三百枚書き上げました。」

とある。

「津軽」執筆に先立ち、かれはこの年の五月十二日から六月五日にかけて津軽地方を旅行している。津軽に生まれ、津軽に育ちながら、太宰はあまり津軽を知らなかった。そんなかれにとって、ゆっくり津軽を見て回ることは「なかなか重大な事件で」あった。『津軽』でかれは

「或るとしの春、私は、生れてはじめて本州北端、津軽半島を凡そ三週間ほどかかって一周したのであるが、それは、私の三十幾年の生涯に於いて、かなり主要な事件の一つであった」（「序編」）

とのべている。

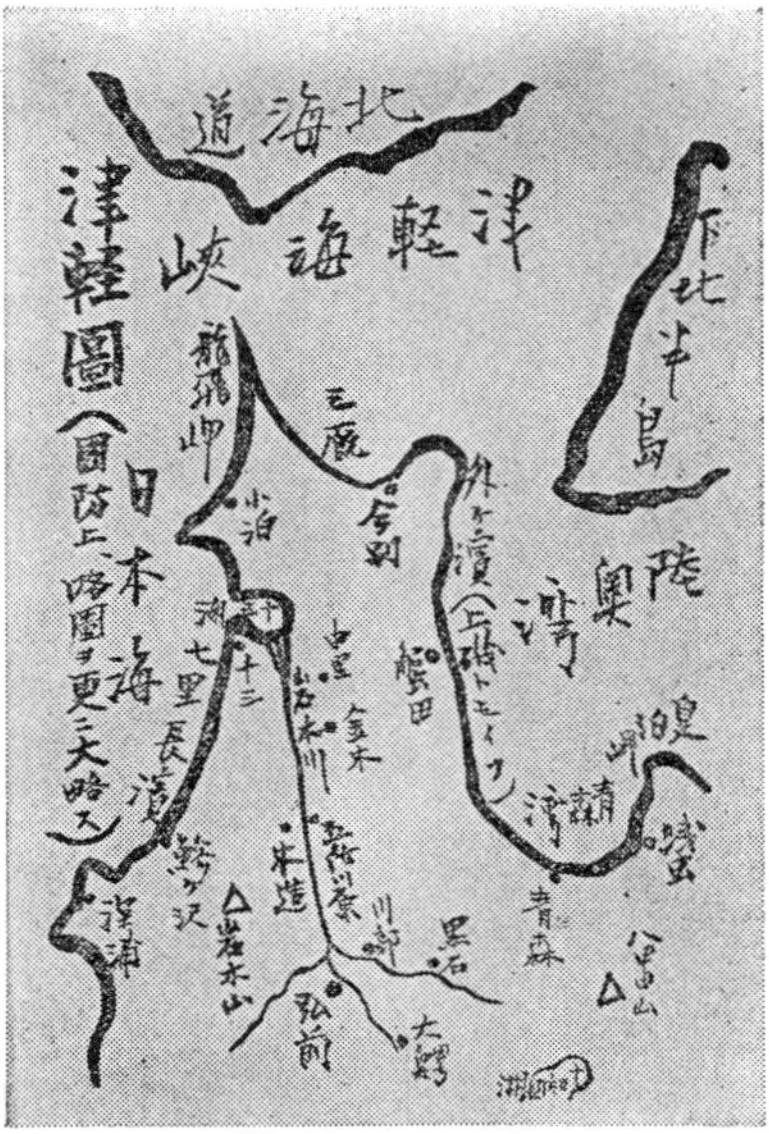

津軽の地図

これより先、昭和十六年と十七年にかれは三回ほど津軽に帰っている。昭和十六年の八月、北芳四郎のすすめで十年ぶりに帰郷した際は、まだ生家から勘当を解かれていなかったので、生家に泊まることもできず、三、四時間を津島家で過ごして、逃げるように引き返している。翌十七年十月には母のたねが重態となったため、かれは妻と長女を連れて帰郷し、五、六日滞在して看護をしているが、この時もまだ勘当は解かれていなかった。つづいて同年十二月には、母危篤の知らせを受けて単身帰郷している。そして、この時からかれの勘当は実質的には解かれていた。

しかし、この前後三回の津軽行きは、いずれもあわただしい旅であった。その間については、「帰去来」(昭和十七年十一月)や「故郷」(昭和十八年一月)に詳しく記されている。日ごとに悪化する戦況の中で太宰は、「生きてゐるうちに、いちど自分の生れた地方の隅々まで見て置き」たいと思い始めていた。以前から「津軽の事を書いてみないか、」と誘われていたことも手伝って、思い切って故郷に向ったのである。

五月十三日の夕刻、上野駅を発ったかれは、翌朝、青森に着き、津軽半島を北上して蟹田に行き、旧友中村貞次郎に再会した。そこから津軽半島を北上して外ケ浜、三厩《みんまや》を経て本州の北端龍飛岬まで進み、さらにそこから金木に向かい、生家にしばらく滞在した。次いで南にくだり、木造、五所川原、鰺《あじ》ケ沢、深浦をたずねて、再び北に向かい、小泊でかれの幼時の子守りであったたけに再会した。以上がこの三週間の津軽旅行の概略であり、『津軽』の素材である。

かれのこの旅行の目的は、津軽に住む忘れえぬ人々との再会にあった。中でも最大のねがいは、幼時の子守り「たけ」との再会にあったようだ。『津軽』には次のように記されている。

「このたび私が津軽へ来て、ぜひとも、逢ってみたいひとがゐた。私はその人を、自分の母だと思ってゐるのだ。三十年ちかくも逢はないでゐるのだが、私は、そのひとの顔を忘れない。私の一生は、その人に依って確立されたといっていいかも知れない」

また、かれはこの作品の執筆意図について、津軽の地勢や歴史を専門的に描くことよりも、世人が「愛」

とよんでいる「人の心の触れ合ひ」を研究し、「津軽の現在生きてゐる姿を、そのまま読者に伝へ」たかったと、『津軽』の「序編」でのべている。

津軽のあらすじ

私は津軽に生まれ、津軽に育ったが、金木、五所川原、青森、弘前、浅虫、大鰐《おおわに》の六つの町しか知らなかった。ここでは私は、初めて知った他の町村について語ろう。

五月中旬のある夕刻、私は上野駅を発ち、翌朝、青森に着いた。T君（外崎勇三）が駅に迎えに来ていた。

「和服でおいでになると思ってゐました。」

「そんな時代ぢゃありません。」

私は妙な型の作業服を着ていた。彼の家に向かった。酒が用意されていた。私は、金木の家で鶏の世話をしていた幼いT君の姿を思いうかべていた。そしていった。

「君を親友だと思ってゐるんだぜ。」

「私は金木のあなたの家に仕えた者です。さうして、あなたは御主人です。さう思ってゐただかないと、私は、うれしくないんです。」

バスの時間が来て私は外に出た。

蟹田では中学時代からの親友N君（中村貞次郎）が、お膳に蟹を小山のように積み上げて待っていた。私は眼前の蟹の山を眺めながら夜更けまで酒をのんだ。N君の奥さんは私が蟹の山に手を出さないのを見て、むくのが面倒なのにちがいないと思ったらしく、「せっせと蟹を器用にむいて、その白い美しい肉をそれぞれの蟹の甲羅《こうら》につめて」いくつもいくつも私にすすめてくれた。翌朝、一番のバスでT君がやって来た。皆で花見に行き、帰途、蟹田の病院の事務長をしている人の家に招かれた。家に入るや否や、彼は奥さんにたてつづけに用事をいいつけた。

「おい、東京のお客さんを連れて来たぞ。たうとう連れて来たぞ。これが、そのれいの太宰って人なんだ。挨拶をせんかい。早く出て来て拝んだらよかろう。ついでに、酒だ。いや酒はもう飲んぢゃったんだ。リンゴ酒を持って来い。なんだ、一升しか無いのか。少い！　もう二升買って来い。待て、その縁側にかけてある干鱈《ひだら》をむしって、待て、それは金槌《かなづち》でたたいてやはらかくしてから、むしらなくちゃ駄目なものなんだ。……早くリンゴ酒を、もう二升。お客さんが逃げてしまふぢゃないか。……」

その津軽人の本性を暴露した熱狂的な接待ぶりに、私は少しめんくらった。しかし、こういう接待のしかたこそ、津軽人の愛情の表現であるということを、私は知っていた。

その夜、私はN君の家に戻った。N君は郷土誌を開いてみせた。その本には、津軽には過去三百三十年の間に約六十回の凶作があったと記録されていた。それを知った私は溜息をついた。そして「生れ落ちるとすぐ凶作にたたかれ、雨露をすすって育った私たちの祖先の血が、いまの私たちに伝はってゐないわけは無い。春風駘蕩《たいとう》の美徳もうらやましいものには違ひないが、私はやはり祖先のかなしい血に、出来るだけ見事な花を咲かせるやうに」努力しようと思っていた。翌日、N君と二人、本州の北端龍飛に向かった。外ケ浜、今別、三厩を経て、私たちは「不意に、鶏小舎に頭を突込んだ」。N君が「ここが龍飛だ」といった。鶏小舎《にわとりごや》と感じた所は、龍飛であった。私たちは小さな宿に入った。酒をのんでふたりは酔った。N君は仰天するような蛮声《ばんせい》をはりあげた。激しい風が戸を打っていた。翌朝、私は蒲団の中で童女の手毬歌《てまりうた》をきいた。

「せっせっせ
夏もちかづく
八十八夜……」

耳をすました私は、たまらない気持になった。中央の人々から軽蔑されている本州の北端で、このようにさわやかな歌を聞こうとは思わなかった。希望にみちた曙光に似たものを、私はその童女の歌声に感じていた。

私はひとり生家に向かった。翌日、私は雨の庭をひとり眺めていた。一木一草も変わっていない感じだった。生家から木造、深浦、鰺ケ沢を経て五所川原に着き、なつかしい叔母の家を訪ねたが、叔母は不在だった。そこに一泊した私は小泊に向かった。

バスを降りた私は、たけの家をたずねたが、家はしまっていた。たけは小学校の運動会に行っていた。混雑している運動場を、私はうろうろたけを探して歩いた。やがてたけを見つけた。

「『修治だ。』私は笑って帽子をとった。『あらあ。』それだけだった。笑ひもしない。まじめな表情である。」

たけは私を小屋に招いて坐らせた。彼女はきちんと坐り、膝に両手をおいて子供たちの走るのを無心に見ていた。

「けれども、私には何の不満もない。まるで、もう、安心してしまってゐる。足を投げ出して、ぼんやり運動会を見て、胸中に一つも思ふ事が無かった。」

たけは思い出のたけと少しも変わっていない。やがてたけは私に餅をすすめた。

「いいんだ。食ひたくないんだ。」

「餅のはうでないんだものな。」

と、たけは小声でいってほほ笑んだ。二人は桜を見に行った。桜の小枝の小さな花をむしりながら、突然たけは能弁になった。

「修治だ、と言はれて、あれ、と思ったら、それから、口がきけなくなった。運動会も何も見えなくなった。三十年ちかく、たけはお前に逢ひたくて、逢へるかな、逢へないかな、とそればかり考へて暮してゐたのを、こんなにちゃんと大人になって、たけを見たくて、はるばる小泊までたづねて来てくれたかと思ふと、ありがたいのだか、うれしいのだか、かなしいのだか、そんな事はどうでもいいぢゃ、まあよく来たなあ、……金木へも、たまに行ったが、金木のまちを歩きながら、もしやお前がその辺に遊んでゐないかと、お前と同じ年頃の男の子供をひとりひとり見て歩いたものだ。よく来たなあ。」

たけのそのように強くて、不遠慮な愛情のあらわし方に接して、ああ、私は、たけに似ているのだと思った。

津軽の世界

『津軽』は、太宰が自らの内にひそむ故郷への愛、思慕の情を、素直につづった作品で、かれの文学の「最高傑作の一つ」とさえいわれている。

また『津軽』は、何人かの作家が、各々の生まれ故郷の風土について書いた「新風土記叢書」の一編で、いわゆる小説ではない。ここには、わずかだが津軽の歴史や自然についての記述もある。しかし、『津軽』の世界は著しく小説的である。太宰はここで、故郷津軽に住む「忘れ得ぬ人々」の姿を描くことによって、「津軽の現在生きてゐる」雰囲気《ふんいき》を鮮やかに伝えることに成功している。

かれは故郷のあちこちで「忘れ得ぬ人々」の何人かと再会し、津軽弁で語り、幼少のころの思い出にふけっている。中で、全編のクライマックス、文末の小泊での、育ての親たけとの三十年ぶりの再会は、実に感動的な美しいシーンである。たけの傍で、かれは「まるでもう安心して」しまい、「何がどうなってもいいんだ」という満ちたりた感情に浸っている。かれはいう。「私はこの時、生れてはじめて心の平和を体験した」と。かれにとってたけの傍で過ごした短かった数時間は、その生涯で最も幸福な時であったようだ。

「ね、なぜ旅に出るの?」

「苦しいからさ。」

かれの津軽旅行の最大の目的は、たけとの再会にあった。

幼いころのかれの苦悩をやわらげ、大きな愛でおおってくれた子守りのたけは、いつかかれの内で、理想の女性像として生長していた。かれが生涯求めつづけた永遠の女性のイメージは、幼いかれの心にやすらぎを与えてくれた、この子守りのたけが原型であったようだ。かれは間もなく、たけの強くて不遠慮な歓迎の中で、ふと思い当った。

「ああ、私は、たけに似てゐるのだと思った。きょうだい中で、私ひとり、粗野で、がらっぱちのところがあるのは、この悲しい育ての親の影響だったといふ事に気附いた。」

文中のところどころで、かれはこのように自らの生い立ちについてのべている。そしてそれは自伝的な作品「思ひ出」や『虚構の彷徨』の奥深い背景を明らかにする記述でもある。つまり『津軽』という作品は、太宰の「最も深い意味での」自叙伝なのである。

また、かれはこの作品で、津軽人の性格を実にみごとに描いている。たとえば、蟹田の事務長さんの熱狂的な歓迎ぶりなどは、その典型である。太宰は

「この疾風怒濤《しっぷうどとう》の如き接待は、津軽人の愛情の表現なのである」

といい、さらに津軽人は「ふだんは人一倍はにかみや」で、繊細な神経の持ち主である。「なまなかの都会人よりも、はるかに優雅なこまかい思ひやりを持ってゐる。その抑制が事情に依って、どっと堰を破って奔《ほん》騰《とう》する時、どうしたらいいかわからなくなって」しまって、都会の人たちに顰蹙《ひんしゅく》されるような結果を招くのだ、とのべている。ここでいわれていることは、そのまま津軽人太宰治の言動にもあてはまることである。

『津軽』で故郷の自然や人情についてのべる太宰の筆致には、故郷への限りない郷愁と愛情とが、にじみ出ている。また、かれはこの作品で、「忘れ得ぬ人々」との再会を、小説的に描くことによって、自らの生い立ちに深く影響した様々な事柄を、つきとめようとしたのである。

『津軽』は、太宰の素直さが、無垢《むく》のままに表現された貴重な作品であり、かれの中期の文学の最後を飾る明るい作品である。

この作品について、太宰と同郷の作家石坂洋次郎はつぎのようにのべている。

「『津軽』は、太宰の作品の中で、私がもっとも好意を覚えるものである。その理由は、この作品がすなおで健康であるからだ。俗臭にまみれた私は、太宰の感興横溢《おういつ》してるかに思わるるハイブラウ（高踏的）な諸作品に接すると、百姓が洋食を出されたような当惑を覚えることもないではないが、その点『津軽』は誰にでもスラスラと気持よく読める明るい作品である。かりに、いわゆる太宰文学と称せられる奔放華麗な彼の諸作品が、時の経過とともに多少色があせることがあったとしても、『津軽』は、それが書かれた時のすこやかな匂いを、何時までも保っていける作品にちがいないと思う。」

「お伽草紙」

お伽噺《とぎばなし》から

「瘤取《こぶと》り」「浦島さん」「カチカチ山」「舌切雀」の四編を収めた『お伽草紙』は、終戦直後の昭和二十年十月、筑摩書房から刊行された短編集である。

太宰はこの作品を、昭和二十年の三月、三鷹で書き始め、同年六月の末に、夫人の実家、甲府水門町の石原家で書きあげた。かれは、菊田義孝にあてた絵はがきで

「「お伽草紙」は、もう二、三十枚で完成」（六月二十六日）

とつげている。完成してまもなく、甲府の石原家は空襲を受けて全焼したが、急をきいて駆けつけた小山清によって、原稿は無事筑摩書房に届けられた。当の小山は、その前後について

「「舌切雀」を書き終へられたのは、七月上旬、日をおかず甲府が爆撃をうけて、水門町のお宅を焼かれて、私が駈けつけたときは、柳町の大内さんのお宅に避難されてゐられました。……然し太宰さんは、飲めば、変らず悪戯っ子のやうでした。私は完成した「お伽草紙」の原稿を託されて、帰りの汽車の中でおそらく最初の読者たる歓びを味ひました。原稿は帰った翌日すぐ筑摩書房へ届けました。」

と、のべている。

昭和十九年に『津軽』を完成したかれは、つづいて「「新釈諸国噺《しんしゃくしょこくばなし》」といふ短編集を出版した。さうして、その次に、「惜別《せきべつ》」といふ魯迅《ろじん》の日本留学時代の事を題材とした」(「十五年間」)長編小説を完成している。「新釈諸国噺」は、自らいうように「わたしのさいかく」ともいうべき作品で、井原西鶴の作品を、太宰が、奔放自在な空想力を駆使して、現代風に作りかえた短編集である。この「新釈諸国噺」は、その世界、スタイルともに、お伽噺を素材とした『お伽草紙』に直接先行する作品である。

太宰が『お伽草紙』の執筆を始めたころの東京は、連日激しい空襲に見舞われていた。

「「あゝ鳴った。」

と言って、父はペンを置いて立ち上る。警報くらゐでは立ち上らぬのだが、高射砲が鳴り出すと、仕事をやめて、五歳の女の子に防空頭巾をかぶせ、これを抱きかかへて防空壕にはひる。既に、母は二歳の男の子を背負って壕の中にうづくまってゐる。」

母は壕が狭いという。父はそのうちになどとあいまいなことを言って母をだまらせる。母の苦情が一段落すると、今度は五歳になる長女園子が、もう壕から出ましょうと、いい始める。これをなだめる唯一の手段は絵本だ。

「桃太郎、カチカチ山、舌切雀、瘤取《こぶと》り、浦島さんなど、父は子供に読んで聞かせる。

この父は服装もまづしく、容貌も愚なるに似てゐるが、しかし、元来ただものではないのである。物語を創作するといふまことに奇異なる術を体得してゐる男なのだ。

ムカシ　ムカシノオ話ヨ

などと、間《ま》の抜けたやうな妙な声で絵本を読んでやりながらも、その胸中には、またおのづから別個の物語が醞釀《うんじょう》せられてゐるのである。」

『お伽草紙』に収められた四編は、このようにして醞釀された物語である。

お伽草紙のあらまし

『お伽草紙』の冒頭に収められた作品は「瘤取り」である。

ムカシ　ムカシノオ話ヨ

ミギノ　ホホニ　ジャマッケナ

コブヲ　モッテル　オヂイサン

このお爺さんは、とても酒好きで、四国の阿波*、剣山のふもとに住んでいた。美しい奥さんがあった。ひとり息子は、もう四十歳、笑わず怒らず、黙々と働く男で、阿波聖人とまでいわれていた。奥さん、ひとり息子と、立派な人ばかりの家庭で、お爺さんは「何だか浮かぬ気持である」。酒がどうしてもやめられない。

アルヒ　アサカラ　ヨイテンキ

ヤマヘ　ユキマス　シバカリニ

柴狩りはお爺さんの楽しみである。たきぎを拾ひ集めては酒を飲む。また、お爺さんは自分の孤独を慰め

*現在の徳島県。

てくれる唯一の相手として右の頰の瘤を愛していた。

ある日、酔ったお爺さんは深山に迷いこみ、鬼どもに大事な瘤をむしり取られてしまった。

この家の近くにもうひとり、左の頰に瘤を持っているお爺さんがいた。この老人は瘤を憎んでいた。老人は酒飲み爺さんから話を聞いて鬼の住む深山に向かった。緊張しすぎた老人は鬼たちのきげんをそこねて、酒のみ爺さんの瘤をもう一つ右の頰につけられてしまった。世に伝えられている「悪いお爺さん」は決して悪い男ではない。

「性格の悲喜劇といふものです。」

つづいての「浦島さん」は、*丹後《たんご》の水江《みずのえ》の旧家の長男、浦島太郎の話である。太郎は「好奇心を爆発させるのも冒険、また、好奇心を抑制するのも、やっぱり冒険、どちらも危険さ。人には、宿命といふものがあるんだよ。」

と悟りすましたような口調でいう男である、太郎は、助けた亀に連れられて、風流の極致龍宮に案内された。やがて太郎は「陸上の貧しい生活が恋しくなり」乙姫さまに別れをつげた。土産に太郎は玉手箱をもらった。故郷の海浜で玉手箱をあけたとたん、太郎は老人になってしまった。しかし、そうなったのは不幸でも何でもない。

「年月は、人間の救ひである。


*現在の京都府北部。

忘却は、人間の救ひである。」

思ひ出は遠くなるほど美しい。これもまた乙姫の深い慈悲である。

第三編の「カチカチ山」は、兎を十六歳の少女、狸を「その兎の少女を恋してゐる」三十七歳の醜男《ぶおとこ》としている。この物語は「甲州*、富士五湖の一つの河口湖畔、いまの船津の裏山あたりで行はれた事件であるといふ」。

兎の少女は美人だが、狸に対する仕打ちは残酷だ。狸は爺さんに捕えられ、狸汁にされるところであったが、兎の少女にひと目あいたく、やっとのがれて山に帰った。ところが、兎は相手にせず、いろいろと狸をなぶる。

「女性にはすべて、この無慈悲な兎が一匹住んでゐるし、男性には、あの善良な狸がいつも溺《おぼ》れかかってあがいてゐる。」

「舌切雀」の主人公は、大金持の三男坊だが、父母の期待にそむいて、ぼんやりしているうちに病気になってしまった「日本で一ばん駄目な」男である。彼は四十にもならないのに、自ら「お爺さん」と称している。この男の細君は三十三歳で「色がまっくろで、眼はぎろりとして、手は皺《しわ》だらけで大きく」少し腰をかがめていそがしげに庭を歩いている姿は、お爺さんよりも年上にみえるほどである。

お爺さんは家のまわりの竹藪《やぶ》に住む無数の雀を可愛がっていた。ある日、机にとまった雀が、突然人語を

＊現在の山梨県。

発し、話し始めた。そこへぬっと「お婆さん」が顔を出し、

「あなたは、誰と話をしてゐたのです。誰か、若い娘さんの声がしてゐましたがね。あのお客さんは、どこへいらっしゃいました。」

といった。

「さうかな……しかし、誰もゐやしない」

「からかはないで下さい。」

お婆さんは怒ってしまった。お爺さんがこれだ、と机上の雀のほうをあごでしゃくると、お婆さんは

「そんなに意地悪く私をからかふのですね。ぢゃあ、よござんす。」

と、やにわに腕をのばして、小雀をむずとつかみ、「あなたが、あの若い女のお客さんを逃がしてしまったのなら、身代りにこの雀の舌を抜きます」といいながら、くちばしをこじあけて「小さい菜の花びらほどの舌を」きゅっとむしり取った。雀は逃げていった。

翌日からお爺さんの雀さがしがはじまった。大雪の日、倒れてしまったお爺さんは、雀の世界に遊び、雀から小さな葛籠《つづら》と稲の穂をもらった。

その話をきいたお婆さんは、お爺さんのまねをして、竹藪の中にはいっていったが、土産の葛籠が重く大きすぎ、雪の上に倒れ、そのまま冷たくなってしまった。葛籠には金貨が一ぱいはいっていた。その金貨のおかげで、お爺さんは出世した。

『お伽草紙』は物語作者としての太宰の非凡な才能が、みごとに開花した短編物語集である。

お伽草紙の世界

ここに収められた四編の物語の素材は、すべてよく知られたお伽噺であり、太宰はその素材に奔放自在な空想力を駆使して、さまざまに肉付けし、新しい解釈や独特な教訓を加えて、誰もが楽しめる物語とすることに成功している。

まず「瘤取り」では、お爺さんを孤独な悲しい男とした設定が面白い。また、いじわる爺さんは別にいわゆる「不正」をしたわけではない。「傑作意識」が強すぎて、下手な踊りを踊ってしまい、鬼どもに逃げられそうになって、あわてて頼んだ年来の願いが、相手にうまく伝わらず、も一つ余分に瘤をつけられてしまったのだ。

「それは性格の悲喜劇というものです」

と解釈し、つづいて「人間生活の奥には、いつも、この問題が流れています」とつけ加える。

「浦島さん」では、我々は「浦島の三百歳が、浦島にとって不幸があったといふ先入観に依って誤られて来た」。だが、不幸だというのは俗人の盲断《もうだん》にしかすぎない。浦島にとって三百歳になったということは決して不幸ではなかった。浦島は立ちのぼる煙そのもので救われたのだ。いわく

「年月は、人間の救ひである。

忘却は、人間の救ひである。」

浦島の体験した龍宮城での高貴なもてなしは、この素晴らしい土産によって、最高潮に達した観がある、と、大胆《だいたん》に断じ、それから十年ほど浦島は幸福に生きたと附記している。

「カチカチ山」では、お伽噺の兎と狸を、各々のイメージから、典型的、対照的な性格を持った二人の男女にみたてている。兎を恋しているが故に、白い湖水で、彼女の悪計にはまってしまったたぬきは、死の直前にそれを見抜く。

「あいたたた、ひどいぢゃないか。おれは、お前にどんな悪い事をしたのだ。惚れたが悪いか。」

一方、兎は顔をふきながらたったひとこと。

「おお、ひどい汗。」

そして、太宰はいう。

「古来、世界中の哀話の主題は、一にここにかかってゐると言っても過言ではあるまい。女性にはすべて、この無慈悲な兎が一匹住んでゐるし、男性には、あの善良な狸がいつも溺れかかってあがいてゐる。作者の、それこそ三十何年来の、頗《すこぶ》る不振の経歴に徹して見ても、それは明々白々であった。おそらくは、また、君に於いても。」

と。

「舌切雀」では欲深婆さんを、雀の少女に嫉妬《しっと》する女として造形し、雀の舌を切ったのは嫉妬から出たこ

とであるとし、また、出世したお爺さんに
「いや、女房のおかげです。あれには、苦労をかけました。」

などといわせている。周知のように、原典のお伽噺は極めて単純な話である。だが、太宰はそれをこのように、想のおもむくまま自在に変形し、さらにユーモアとペーソスをおりこみ、あるいは諷刺をきかせて、人間と人間関係の本質を鋭くついた作品として、みごとに再生させている。

また『お伽草紙』は明るく平明な作品である。当時のかれの私生活には罹災、疎開とあわただしく、暗い事件が連続しておこっていた。かればかりではなく、激化する戦火の中で、日本中の人々が多かれ少なかれ、暗い事件を体験し、虚無感や空白感を抱き始めていた。だが、この作品にはそういう時代の暗影などは、少しも感じられない。もっとも、それは『お伽草紙』にのみいえることではなく、太平洋戦争のさ中に、かれが発表した作品の多くにいえることである。『右大臣実朝』(昭和十八年)『津軽』(同十九年)『新釈諸国噺』(同二十年)等は、『お伽草紙』同様、明るくすぐれた作品である。

当時は『源氏物語』の上演が禁止されたり、雑誌に連載されていた谷崎潤一郎の「細雪《ささめゆき》」が、突如、掲載中止となったりした時代であり、筆を折る文学者が輩出した時代である。そういう「ひどい時代」の中で、太宰は「この際、読者に日本の作家精神の伝統とでもいふべきものを、はっきり知って」いただきたい、という意識を最大の支柱として書き続け、自らの芸術の完成を唯一の目的として精進していた。

『お伽草紙』は、そういう「ひどい時代」に、苦悶し、ひたすら文学に精進した太宰が生んだ秀作の数々を代表する作品である。

ヴィヨンの妻

「ヴィヨンの妻」は昭和二十二年三月の『展望』に発表され、のち筑摩書房から刊行された作品である。

三鷹での作

太宰は「ヴィヨンの妻」を、昭和二十一年の暮れから翌二十二年の初めにかけて、三鷹の家の近くに借りた仕事場で執筆した。昭和二十一年の十二月、「斜陽」の人太田静子にあてた書簡で、かれは「きのふから「ヴィヨンの妻」といふ百枚見当の小説にとりかかってゐます。一月十五日までに書き上げなければならず（展望といふ雑誌）いま近くに仕事部屋を借りて仕事してゐます。」と知らせている。

太宰が三鷹の家に戻ったのは、「ヴィヨンの妻」執筆の直前のことである。昭和二十年四月、罹災して甲府にのがれ、さらに津軽の生家へ向かい、終戦の知らせを故郷で聞いて、帰京するまでの一年数カ月は、かれにとって「容易ならぬ苦悩」にみちた一時期であった。故郷で終戦の知らせを聞いたかれは、新生への希望に燃えていた。しかし、間もなく戦後の浮薄な「新現実」に失望したかれは、「またもや、八ツ当りしてヤケ酒を飲み」たくなり、知人には

「私は無頼派《リベルタン》ですから、この気風に反抗し、保守党に加盟し、まっさきにギロチンにかかってやらうかと思ってゐます」

と書いて送り、自ら無頼派を宣言していた。

昭和二十一年十一月十四日、三鷹の旧居に戻ったかれの許には、雑誌社や新聞社から原稿の注文が殺到した。かれは注文に応じては書いた。帰京直後の十二月には、小説二編を、翌年正月には「トカトントン」と「メリイクリスマス」をと、精力的に発表をつづけた。しかし、こういう多忙な生活は、かれの心身を疲れさせずにはおかなかった。太宰はジャーナリストやファンを引き連れて、よく酒を飲みに出かけるようになった。当時のかれは、その取り巻き連に饗応するため一日で「普通の家庭の一ヶ月分ぐらいの生活費を」浪費していたという。そのころ、広島にいた井伏鱒二は、太宰から

「私はこのごろ仕事がおっくうで、毎日大酒です。」

と記した葉書をもらっているが、かれを放蕩に追いやった原因はほかにもあった。「ヴィヨンの妻」と前後して発表された「家庭の幸福」で、かれは、町役場の戸籍係の、極めて官僚的な仕事ぶりを描いて、その背景には家庭の小さな幸福を、何とかして守り通そうとするエゴイズムがあるといい、

「曰く、家庭の幸福は諸悪の本《もと》。」

と断じている。当時のかれは、こういう家庭を一旦破壊しなければ、真に幸福な家庭は築けないと考えていた。そして、放蕩を破壊のための手段としていた。かれはいう。

「父はどこかで、義のために遊んでゐる。地獄の思ひで遊んでゐる。いのちを賭けて遊んでゐる。」

「義。義とは？ その解明は出来ないけれども、しかし、アブラハムは、ひとりごを殺さんとし、宗吾郎は子別れの場を演じ、私は意地になって地獄にはまり込まなければならぬ、その義とは、義とは、ああやりきれない男性の、哀しい弱点に似てゐる。」（「父」）

この作品の題名にある「ヴィヨン」とは、フランス十五世紀の詩人の名である。彼は殺人、窃盗、賭博、入獄、さらに素性の知れぬ女たちとの交渉、と悪徳にいろどられた生涯を送り、自ら犯した悪徳への反省、悔恨、懺悔の情を詩によんだ特異な詩人である。太宰は「乞食学生」（昭和十五年）に、その詩を引くなど早くからこのヴィヨンの詩と生涯とに興味を抱いていた。

「ヴィヨンの妻」は、放蕩に溺れかかっていた太宰が、自らを悪徳詩人ヴィヨンになぞらえて書いた作、といわれている。

ヴィヨンの妻のあらすじ　あわただしく玄関をあける音が聞こえて、私はその音で目をさましたが、「それは泥酔の夫（詩人大谷）の、深夜の帰宅にきまってゐるのでございますから、そのまま黙って寝てゐました」。夫は荒い呼吸をしながら、何やら隣室でさがしている様子でしたが、その夜の夫はいつになく優しく、私はうれしいより、何やら恐ろしい予感で背筋が寒くなりました。

間もなく、玄関の戸を居酒屋の夫婦が叩《たた》きました。夫と彼らとは声高に言い争っていましたが、私が起きて玄関に行くと、彼らは笑いもせずに挨拶しました。と、その時、夫はやにわに庭下駄をつっかけて外に飛び出そうとしました。男のひとが夫の片腕をとらえたので、二人は瞬時もみ合いましたが、ジャックナイフを持っていた夫は、外に飛び出してしまいました。私が彼らを招《しょう》じ入れて話を聞くと、夫は彼らの店から五千円という大金を強奪して逃げてきたばかりだということでした。私は、二人に向かい何とか始末をしますからとおわびして、その夜は帰ってもらいました。しかし良い思案も浮かびません。

翌日、私はあてもなく坊やを背負って電車にのりました。天井からぶら下がっているポスターに夫の名が出ていました。夫はその本に「フランソワ・ヴィヨン」という題の論文を発表している様子でした。私は居酒屋に行き、お手伝いをしながら、あてもなく夫を待っていました。

「奇蹟はやはり、この世の中にも、ときたま、あらわれるものらしうございます。」

九時すこし過ぎたころ、クリスマスの仮装をした夫が、きれいな奥さんと二人でやってきたのです。奥さんは昨夜の夫の強奪した五千円を、ご亭主に返してくれました。

私はその夜十時すぎ、お店から家に帰りました。が、夫はまだ帰っていません。しかし私は、明日またあのお店に行けば夫に会えるかもしれないと思い、平気でした。

ご亭主の話によれば、夫は昨夜あれからあのきれいな奥さんの経営しているバーに行き、大宴会を開いて大金全部をはたいてしまい、不審に思ったマダムがそっとたずねると、平然と昨夜の一件を洗いざらい話した。マダムと夫とは以前から仲良しだったので、心配した彼女が、大金をたてかえて払った、ということでした。

その翌日からの私の生活は今までとはまるで違った楽しいものになりました。毎日坊やを背負ってお店に出勤し、「椿屋のさっちゃん」という名で忙しく働いていました。夫も時折、飲みに来て、勘定を私に払わせて、ふっといなくなり、夜おそく店に帰ってきて、一緒にたのしく家路をたどることもしばしばございました。

「なぜ、はじめからかうしなかったのでせうね。とっても私は幸福よ。」

「女には、幸福も不幸も無いものです。」

「さうなの？　さう言はれると、そんな気もして来るけど、それぢゃ、男のひとは、どうなの？」

「男には、不幸だけがあるのです。いつも恐怖と、戦ってばかりゐるのです。」

十日、二十日と店に通っているうちに、私は店に通ってくるお客さんがひとり残らず、犯罪人だといふことに気がついてまいりました。夫などは、まだまだ、優しいほうだと、思うようになりました。「世の中で、我が身にうしろ暗いところが一つも無くて生きて行く事は、不可能だと思ひました。トランプの遊びのやうに、マイナスを全部あつめるとプラスに変るといふ事は、この世の道徳には起り得ない事でせうか。」

私はお正月の末の、雨のふる日のあけがた、店の客にけがされました。けれどもその日、私は勤めに出かけました。店では夫がひとり新聞をよんでいました。新聞に目をそそいだまま夫がいいました。

「さっちゃん、ごらん、ここに僕のことを、人非人なんて書いてゐますよ。違ふよねえ。僕は今だから言ふけれども、去年の暮にね、ここから五千円持って出たのは、さっちゃんと坊やにあのお金で久し振りのいいお正月をさせたかったからです。人非人でないから、あんな事も仕出かすのです。」

「人非人でもいいぢゃないの。私たちは、生きてゐさへすればいいのよ。」

と私は言ひました。

ヴィヨンの妻の世界

「ヴィヨンの妻」は太宰の多くの作品中「もっとも優《すぐ》れたもの」として、高く評価されている作品である。

この作品は放蕩詩人の内妻「椿屋のさっちゃん」が、その身の上について語るという形をとっている。そしてそのさっちゃんの独白によって夫の性格や生活が明らかにされている。

太宰は「ヴィヨンの妻」で、以前に宣言した無頼派のイメージを、大谷やさっちゃんの言動を描くことによって人間像として定着した。飲んだくれで、行きつけの居酒屋から大金を奪って逃げ、追って来た居酒屋の主人に
「恐喝だ。帰れ！　文句があるなら、あした聞く。」

といってくってかかる詩人の大谷には、自ら犯した罪悪についての反省や悔恨はない。彼にとって所謂道徳は、何の意味もないのである。反面、彼は極めて繊細な感受性の持ち主であり、生への恐怖感、罪の意識に絶えずさいなまれている。床の中で、

「ああ、いかん。こはいんだ。こはいんだよ。僕は。こはい！　たすけてくれ！」

といいながら、がたがた震えたり、眠ってからも、うわごとをいったり、うめいたりする男である。彼の苦悩は自ら犯した反道徳的な罪悪に対するものではなく、もっと深いところから発している。彼はいっている。

「男には、不幸だけがあるのです。いつも恐怖と、戦ってばかりゐるのです。」

「僕はね、キザのやうですけれど、死にたくて、仕様が無いんです。生れた時から死ぬ事ばかり考えてゐたんだ。……それでゐてなかなか死ねない。へんな、こはい神様みたいなものが、僕の死ぬのを引きとめるのです。」

「おそろしいのはね。この世の中の、どこかに神がゐる、といふ事なんです。」

彼の内には聖書でいう、原罪意識のようなものが根深く巣くっている。また、彼には極めて優しい面もある。自らの盗みについて、妻に

「去年の暮にね、ここから五千円持って出たのは、さっちゃんと坊やにあのお金で久し振りのいいお正月をさせたかったからです。」

と説明している。さっちゃんも、この夫とあまりかわらない。彼女はいう。

「私たちは、生きてゐさへすればいいのよ。」

太宰のいう無頼派とはこういう人間である。原罪意識に苦しめられ、反道徳的な行為にふけりながらも極めて人間的な一面を持っている。大谷もさっちゃんも典型的な無頼派である。太宰は、ここで、堕ちるところまで堕ちてしまった人間の内にしか、真の人間性は存在し得ないのではないか、といっているのである。また、太宰は「ヴィヨンの妻」で、あらゆる道徳や束縛を無視して、敢然と生きようと苦闘する二人の生活に、まったく新しい型の家庭の誕生を夢みていたのであろう。二人の男女のくりひろげる世界には、所謂明るさは無いが、決して暗くはない。どこか軽快でさえある。

太宰の、このように堕ちつくした者への共鳴は、「冬の花火」(昭和二十一年六月)のころから、かなり色濃くみえ始めていた。当時は、坂口安吾の

「堕ちる道を堕ちきることによって、自分自身を発見し、救わなければならない。政治による救ひなどは上皮だけの愚にもつかない物である。」(「堕落論」)

という訴えが、多くの人々の心を強くとらえていた時代である。

「ヴィヨンの妻」は、こういう風潮を背景に、それを昇華《しょうか》し「美しさと戦慄」にみちた世界として、形象化することに成功した作品である。

また、この作品は、当時、坂口安吾、織田作之助、石川淳、伊藤整らとともに「新戯作派《しんげさくは》」と総称されていた太宰を、一躍、その派の代表作家たらしめた作品でもある。

「斜陽」

『斜陽』は昭和二十二年の七月から十月まで雑誌『新潮』に連載され、同じ年の十二月、新潮社から刊行された長編小説である。

日記から

太宰は、『斜陽』をこの年の二月の末、伊豆の三津浜《みとはま》で書き始め、三月に帰宅し、近くの仕事部屋や愛人山崎富栄の部屋などで書きつづけ、ほぼ四カ月のちの六月末に完成している。

太宰が、没落していく貴族階級を素材とした作品を書こうと思い始めたのは、終戦直後の昭和二十一年のことである。当時、かれは農地解放により、その広大な田畑を解放させられ、没落のきざしをみせ始めていた津軽の生家にいた。かれはそういう生家の日常にあわれみを感じ、貴族の末路を描いたチェーホフの「桜の園」を、折にふれ思いおこしていた。そのころ、太宰は井伏鱒二にあてて、

「金木の私の生家など、いまは「桜の園」です。あはれ深い日常です。」

と書き送っている。

上京して間もない翌二十二年の正月、太宰の内で『斜陽』の構想は、ようやく熟した。当時、太宰の許に

親しく出入りしていたジャーナリストの野平健一は、

「『斜陽』といふ題の、長編の話を聞いたのは、たしか、織田作之助氏の葬儀で、お会ひした、そのすぐ後ぐらゐであったかと思ひますから、あれは二十二年の正月、それも終り頃だったでせう。」

と語っている。

同じころ、太宰は神奈川県下曽我に住んでいた太田静子にあてて、次のように記した書簡を送っている。

「二月の二十日頃に、そちらへお伺ひいたします。そちらで二、三日あそんで、それから伊豆長岡温泉へ行き、二、三週間滞在して、あなたの日記からヒントを得た長編を書き始めるつもりでをります。

最も美《かな》しい小説を書くつもりです。」

そして、二月の二十一日、下曽我に静子を訪ねたかれは、「子供の時のこと、津軽のおやのこと」とよく語り、静子の許に五日ほど滞在した。この間にかれは静子から、日

『斜陽』の表紙

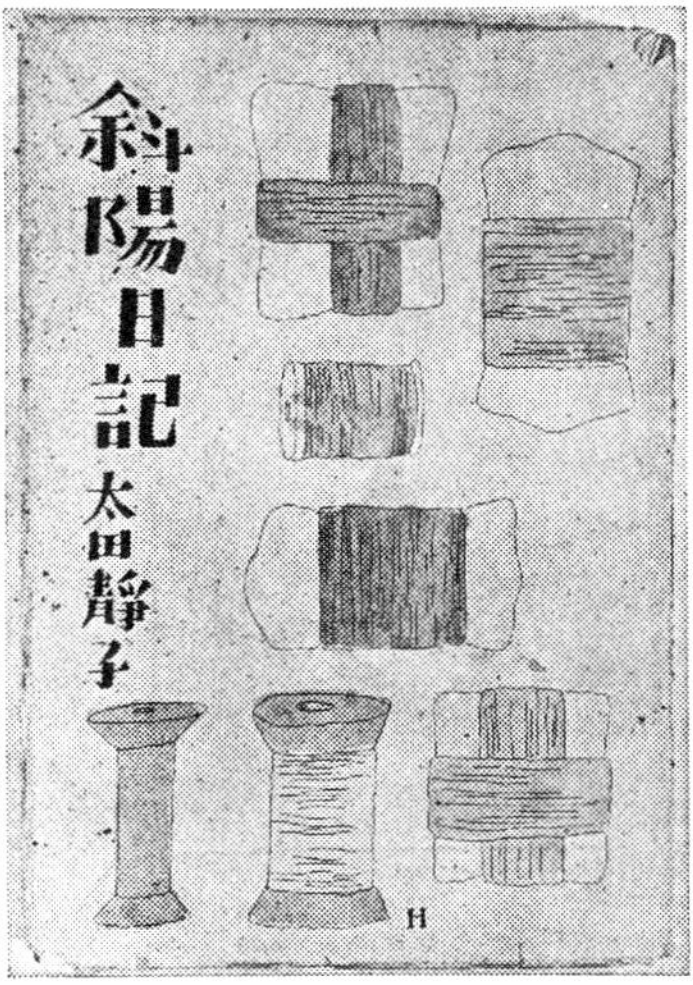

『斜陽日記』の表紙

記を与えられた。長編小説『斜陽』はこの日記を素材とした作品である。

太宰には、『斜陽』以前に、他人の日記を素材とした佳作が二編ほどある。その一編は「女生徒」（昭和十四年）であり、これは未知の読者から送られた日記を素材とした短編小説である。もう一編は書き下ろしの長編小説『正義と微笑』（昭和十七年）で、この方は当時、三鷹の家に出入りしていた学生、堤重久から見せられた、弟康久（前進座俳優）の日記をもとにして書いた作品である。

過去においてこのような経験があったにもかかわらず、かれの創作意欲は静子の日記により意外に強く刺激されたようだ。下曽我から田中英光の住む、伊豆の三津浜に向かい安田屋旅館に止宿したかれは、その日から『斜陽』の執筆を始め、そこに滞在した十日ほどの間に、全八章から成るこの作品の一、二章を書きあげている。三月の初旬に三鷹に帰ったかれは、四月、五月と「文字通り身を切り刻みながら『斜陽』を書きつゞけた」。当時のかれは「酒も実によく飲んでゐた」。「来る人、来る人へのほとんどよろめきながらの奉仕が」連続していた。健康状態は日一日と悪化した。友人知人の間に「太宰六月死亡説」が云々され始めた。太宰は、ある女性から「太宰さんの顔を見ると、ことしの六月に死ぬ相が出てゐる」と断言された、と知人のひとりに書き送っているが、そういう憶測がかなりの信憑《しんぴょう》性をもって伝えられるほど、かれの衰弱は激しかったのである。

珍しいことに太宰は『斜陽』の執筆に先だち、この作品の構想や構成について記した「『斜陽』ノート」を作っている。このことは、静子の日記にヒントを得た『斜陽』を、もっとも美しく「かなしい小説」たらしめようとした太宰の熱意のあらわれといえよう。

斜陽のあらすじ

貴族の娘かず子がお母さまと二人きりになって、東京の邸《やしき》から伊豆の小さな山荘へ移ったのは、終戦の年の十二月のことでした。「日本の最後の貴婦人」とかず子が心からお慕いするお母さまと二人きりの生活は、侘《わ》びしいながら、静かで平和な明け暮れでした。けれどもかず子は、時折身のまわりに何か不吉な暗い陰が忍びよる気配を感じて、思わず慄然とすることがありました。

翌年の春、大学の途中で動員され南方に行ったきり、消息の絶えていた弟の直治がひどい阿片中毒にかかって帰ってきました。帰還してすぐ直治はかず子に向かい

「げびて来た、男が二、三人もあるやうな顔をしてゐやがる。酒は？　今夜は飲むぜ。」

といったりしました。直治は幼少のころから、傷つきやすい心の持ち主でした。高校生のころから文学に魅せられ、自意識にたえずさいなまれながらデカダンな日々をおくっていました。かず子の離婚の原因も、直治の麻薬中毒にあったといえるかもしれません。直治があまり婚家先へ金をせびりに来るのが心配で、かず子は直治が師匠とお呼びしていた無頼の小説家上原二郎を訪ねたことがありました。上原は直治を麻薬中毒から酒飲みにして下さったのですが、その時、誘われるままについて行った酒場の階段で、ふと受けたキス、それはかず子の胸の中に「ひめごと」として生きつづけていました。六年前のことです。

直治のデカダンは、帰還後ますますつのり、心配されたお母さまは床につく日が多くなりました。かず子は思いきって上原に手紙を書きました。

「――私の生命をさきに消さなければ、私の胸の虹は消えそうもございません。

御返事を祈ってゐます。

上原二郎様（私のチェホフ。マイ・チェホフ。M・C）」

「御返事が無いので、もういちどお手紙を差し上げます。……

私はあなたの赤ちゃんを生みたいのです。他のひとの赤ちゃんは、どんな事があっても、生みたくないのです。M・C様」

「逢へばいいのです。もう、いまは御返事は何も要りません。……もう一度おめにかかりたいのです。それだけなのです。……ああ、人間の生活って、あんまり、みじめ……生れて来てよかったと、ああ、いのちを、人間を、世の中を、よろこんでみたうございます。

はばむ道徳を、押しのけられませんか？　M・C（マイ・チャイルド）」

かず子は三度手紙を出しましたが、返事はまったくありません。このうえは、東京へ行って、と決心した矢先、お母さまが美しく気高く逝《ゆ》きました。

直治が若いダンサー風な女をつれて山荘へ帰ってきたある冬の日、かず子は上原を訪ねて上京し、酒場で若い仲間と酔い痴《し》れていた上原にやっと会うことができました。二人が夜をともにした翌朝、直治は山荘で

自殺していました。彼の遺書には上原の妻へのひたむきな慕情がほのめかされており、結びには
「姉さん。僕は、貴族です。」

と記されていました。

かず子は間もなく懐妊したことを知りました。皆が私から離れて行く。上原も、

「けれども、私は幸福なんですの。私は、いま、いっさいを失ったやうな気がしてゐますけど、でも、おなかの小さい生命が、私の孤独の微笑のたねになってゐます。……私には、古い道徳を無視して、よい子を得たといふ満足があるのでございます。こひしいひとの子を生み、育てる事が、私の道徳革命の完成なのでございます。」

かず子はもう、何もあなたに頼む気はございませんが、一つだけお願いしたいことがございます。それは私の生んだ子を
「たったいちどでよろしうございますから、あなたの奥さまに抱かせていただきたいのです。さうして、その時、私はかう言はせていただきます。

「これは、直治が、或る女のひとに内証に生ませた子ですの」

M・C　マイ・コメデアン」

私はあのひとに、おそらくは、これが最後の手紙を、水のような気持で書いてさしあげました。

『斜陽』は太宰文学の集大成であり、太宰の作風の全貌を、もっともよくつたえる作品である。

斜陽の世界

この物語に登場するヒロインのかず子、その母、弟の直治、及び無頼派作家の上原は、いずれも太宰の分身である。そして『斜陽』の一家は、父の臨終の際の蛇、山荘の蛇の卵、母の臨終のおりの蛇と、そういう幻想的なものが、しっくり落ち着くような身分高い貴族として設定されている。

この一家の中で、もっとも貴族的なのは母である。彼女は「お金の事は子供よりも、もっと何もわからないお方で」あり、現実とは没交渉の世界にしか住みえない美しい貴婦人である。彼女には何の気取りもなく、上品そのもので「高等乞食」的なところはみじんもない。太宰が終生、夢みつづけてきた理想の女性は、この母のような人であろう。しかし、彼女は気高く逝かなければならなかった。戦後の新現実の中では、彼女は死によってしか貴族としての生を貫ぬきえなかったのである。

「姉さん。僕は、貴族です。」

と書き残して自らの生を断つ直治もまた、典型的な貴族である。彼はいう。

「僕は下品になりたかった。強く、いや強暴になりたかった。さうして、それが、所謂《いわゆる》民衆の友になり得る唯一の道だと思ったのです。」

と。彼のデカダンスは、貴族の子としての出生や生いたちに対する反逆のためのものだった。だが彼の生は敗北の記録以外の何物でもなかった。彼は死によって、最大の反逆をとげようとした。民衆に近づこうとして失敗し、上流の「サロン」にも安住の場を見出し得ない直治の姿は、太宰の青年期の自画像にほかならない。

「駄目です。何を書いてもばかばかしくって、さうして、ただもう、悲しくって仕様が無いんだ。いのちの黄昏《たそがれ》。芸術の黄昏。」

とつぶやくデカダン作家上原も、直治同様、太宰の分身であるが、この方は『斜陽』執筆前後の太宰の自画像であろう。

ヒロインかず子は幼いころから「更級日記」の世界にあこがれた女性である。彼女は没落し、崩壊して行く一家の中で、ひたすら道徳革命に挺身しようとする。ふるい道徳を平気で無視して「蛇の如く慧《さと》く、鳩の如く素直に」生き抜こう、積極的に行動することによって、人間性を抑圧するものに挑戦しようとする。彼女は叫ぶ。

「私は確信したい。人間は、恋と革命のために生れてきたのだ。」

と。このヒロインの言動には、当時、古い道徳を打破するための捨て石になろうと決意していた太宰の、祈りにも似た夢と希望とが託されている。だが、彼女は勝利者とはなり得なかった。いたましい犠牲者のひとりにしかすぎなかった。しかし、そうではあっても、このようなかず子の生き方は、薄暗いニュアンスにいろどられた『斜陽』の世界に、かすかな曙光を投げかけている。

『斜陽』はヒロインかず子のモノローグ（独白）によって全編が進められているが、このようなスタイルは、すでにかれが「女生徒」や「ヴィヨンの妻」などで試み、成功してきた手法である。太宰はこのような手なれた手法を用いることによって、『斜陽』全編に感覚や心理、抒情をすみずみまでゆきわたらせることに成功している。また、かれは母の死の前後からは、「葉」や「HUMAN LOST」等で試みた、体言を羅列した、テンポの早い文章をさかんに用いている。

「ギロチン、ギロチン、シュルシュルシュ」

「いのちの黄昏《たそがれ》。芸術の黄昏。人類の黄昏。」

このような文章は、『斜陽』後半部の急迫した雰囲気の形成に、特異な効果をあげている。

この作品の素材は、前述したように太田静子の日記であり、『斜陽』と日記とは、蛇の話、母の臨終、山荘の火事、戦争中の勤労奉仕等、細かな点では一致するところがかなりある。しかし、『斜陽』の世界と日記の世界では、その雰囲気やニュアンスは大分ちがう。日記には『斜陽』にみられるような「道徳革命」への激しい共鳴や挺身は無い。太宰の分身である作家の上原のデカダンな生き方や、直治の激しい敗北意識も無い。『斜陽』は、太宰が静子の日記に「ヒントを得て」創造した、まったく別の作品である。

『斜陽』は雑誌連載中から注目を集め、単行本として刊行されるや否や、またたく間にベスト・セラーとなり、「斜陽族」という流行語を生んだほど、評判になった作品である。しかし、この作品の価値はそういうところにあるのではなく、太宰がその生涯をかけて追求した、人間性を抑圧する物すべてへの「反逆」という命題が、作品の中に虚無的な表情をうかべながら、鮮やかに定着され得ているというところに存するのである。

人間失格

「人間失格」は昭和二十三年の六月から八月にかけて、雑誌『展望』に発表され、同年七月、筑摩書房から刊行された『人間失格』に、「グッド・バイ」とともに収められた作品である。

遺稿

太宰は「人間失格」を、この年三月の中旬から五月の中旬にかけて、熱海、三鷹、大宮と転々としながら、完成している。かれが熱海の起雲閣で執筆を始めたころから、何かと身のまわりの世話をしてきた山崎富栄は、手記に

「五月九日
人間失格も熱海で初執筆してから——(二十日間、百五十枚)。三鷹の私のところで、続二回目(十日間八十枚)。あと大宮で第三回目(十日間約六十枚)。今日から、あとがきの由。」(『愛は死と共に』)

と記している。

かれの内に『人間失格』の構想がはっきりした形でできあがったのは、『斜陽』を書き終えた直後のこと

らしい。当時、『展望』の編集者であった評論家の臼井吉見は、

「『人間失格』のモティフは、にはかに思ひついたものでないことは、『ヒューマン・ロスト』のやうな作品のあることでもわかるわけだが、構想がはっきりしたかたちをとって浮んできたらしいのは、『斜陽』をかきをへた頃のやうに思ふ。『人間失格』といふ「スゲエ傑作」をかくから、『展望』に出してくれと作者のはうから話があったくらゐ、たいへんな意気ごみだった。」(「『人間失格』の頃」)

とのべている。

『人間失格』を書いていたころのかれは、喀血や不眠症にひどく苦しめられていた。

「もう、仕事どころではない。自殺の事ばかり考へてゐる。さうして、酒を飲む場所へまっすぐに行く。」(「桜桃」)

という日々の連続であった。そして、かれは「残り少なくなった絵具のチューブを、無理に絞り出す」ようにしながら、少しずつ作品を書いていた。太宰がこのころ発表した「如是我聞」は、感情の異常なたかまりを感じさせるエッセイである。このエッセイでかれは志賀直哉の「自己肯定のすさまじさ」に対して捨身の挑戦をいどんでいる。かれはいう。

「暗夜行路」

大袈裟《おおげさ》な題をつけたものだ。彼は、よくひとの作品を、ハッタリだの何だのと言ってゐるやうだが、自分のハッタリを知るがよい。その作品が、殆んどハッタリである。詰将棋とはそれを言ふのである。いっ

たい、この作品の何処に暗夜があるのか。ただ、自己肯定のすさまじさだけである。……いったい志賀直哉といふひとの作品は、厳《きび》しいとか、何とか言はれてゐるやうだが、それは嘘で、アマイ家庭生活、主人公の柄でもなく甘つたれた我儘、要するに、その安易で、楽しさうな生活が魅力になってゐるらしい。」そして、そのような作品を次々に発表することによって「君たちの得たものは、世間的信頼だけである」。君について「うんざりしてゐることは、もう一つある。それは芥川の苦悩がまるでわかってゐないことである」と口を極めて罵倒し、さらにつぎのようにつけ加えている。

「重ねて問ふ。世の中から、追ひ出されてもよし、いのちかけて事を行ふは罪なりや。」

「最後に問ふ。弱さ、苦悩は罪なりや。」

「自己肯定のすさまじさ」に対して、このように激しく攻撃しながらも、かれは「どうにも負けさうで、心細くてたまらなく」なることがしばしばあった。そして、かれは自らの生が最大の危機に直面していることをはっきりと知った。かれは、その生涯においてすでに何度もしてきた方法で、自らの過去をふり返ってみようとした。苦悩にみちた前半生を、文学作品として造型し、定着し、そうすることによって、検討し直そうとした。このような背景から生まれた作品が『人間失格』である。

昭和二十三年六月十三日、かれは『人間失格』全編の発表を待たずして逝《い》った。この作品の後半部は、死後、「遺稿」として『展望』誌上に掲載されたものである。

人間失格のあらすじ

私は、その男の写真を三葉、見たことがある。以下は、その写真の主、大庭葉蔵の手記である。

恥の多い生涯を送ってきました。東北の旧家に生まれた私は、幼いころから「自分の幸福の観念と、世のすべての人たちの幸福の観念とか、まるで食ひちがってゐるやうな」不安にとりつかれ、極度に人間を恐れていました。何とかして、人間につながろうと考えた私は、「道化のサーヴィス」を思いつき、家族や使用人たちに、油汗流してのサーヴィスをつづけてきました。「それは自分の、人間に対する最後の求愛でした」。そして、いつの間にか、私は一言も本当のことをいわない子になっていました。

道化が神技に近くなった中学生のころ、私は白痴の竹一に、正体を見破られ、うろたえました。竹一を手なずけようと親交をむすんだ私は、かれから

「お前は、きっと、女に惚れられる。」

「お前は、偉い絵書きになる。」

と予言されました。

美術学校に入学することを志望していましたが、父は官吏にしようと、私を高等学校に入学させました。その時から私の悲劇は、一段と深刻になりました。

上京してすぐ私は、下町生まれの画学生堀木から、アルコールと煙草と淫売婦と質屋と左翼思想とを教えられました。非合法の匂いが気に入った私は、左翼の政治運動の手伝いをしました。しかし、間もなく私は、

その仕事から逃げ、死のうと思いました。そして、バーの女給と心中しそこねて、自分だけ助かりました。やがて私の、子持ちの女記者や、バーのマダムとの男妾みたいな生活が始まりました。漫画やいかがわしい絵を描くようにもなりました。

私は、信頼の天才のような煙草屋の娘ヨシ子と結婚しました。

ある夜、私が堀木と屋上で酒をのんでいる間に、人を疑うことを知らなかったヨシ子は顔見知りの商人に犯されました。私は苦しみました。眠られぬ夜、

「神に問ふ。信頼は罪なりや。」

「無垢の信頼心は、罪の源泉なりや。」

と、つぶやいておりました。

その年の暮れ、私は再度自殺をはかりましたが、三昼夜、死んだようになっていて、助かりました。ついで、大雪の降った夜、銀座裏で、突然血を吐きました。「それは自分の最初の喀血でした。」アルコールから逃れようとモルヒネ注射を始めた私は、たちまちのうちに、薬を手に入れるためにはどんなことでもする、陰惨な中毒患者になってしまいました。

今晩、死のうと決心した日、私は堀木たちの手で、脳病院に入院させられました。友人たちの手によって、私の額に廃人の刻印が打たれたのです。

「人間、失格。

もはや、自分は、完全に人間で無くなりました。」

間もなく父が死に、あとをついだ長兄のはからいで、私は海辺の温泉地で療養を始めました。長兄は、六十に近い赤毛のみにくい女中を、つきそいとしてつけてくれました。

「いまは自分には、幸福も不幸もありません。

ただ、一さいは過ぎて行きます。

自分がいままで阿鼻叫喚《あびきようかん》で生きて来た所謂「人間」の世界に於いて、たった一つ、真理らしく思はれたのは、それだけでした。

ただ、一さいは過ぎて行きます。」

自分はことし二十七になりますが、白髪がめっきりふえたので、たいていの人から四十以上に見られます。

この手記をつづった狂人を、私は直接には知らない。けれども、この手記に出てくるバーのマダムは、つぎのようにいいました。

「私たちの知ってゐる葉ちゃんは、とても素直で、よく気がきいて、あれでお酒さへ飲まなければ、いいえ、飲んでも、……神様みたいないい子でした。」

人間失格の世界

『人間失格』は、太宰の生涯と文学の総決算であり、また、完結した長編小説としては最後の作品である。

太宰は前期の「思ひ出」、中期の「東京八景」と、その生涯の転機には、きまって過去をふりかえり、自伝風な作品を発表してきた。かれはこれらの作品で、自らの過去を事実をおりこみながら書いてきた。『人間失格』は、この「思ひ出」や「東京八景」と重複する部分がかなり多い自伝風な作品である。また、かれは『人間失格』の直前に発表した『ヴィヨンの妻』や『斜陽』では、主として主人公の女性を通して、自己を語ってきた。しかし、『人間失格』を、前述した自伝風な作品や、『斜陽』等にくらべると、ともに自己を語りながら、その語り方は大分ちがっている。

先ず、かれは『人間失格』においては、過去の事実そのものについて語ろうとしてはいない。かれがのべているのは、真実を求めつづけようとして、そのために人間社会から葬られ、敗北していく主人公、大庭葉蔵の精神の屈折の跡である。さらに、かれはここでは葉蔵の手記をかりて、一切の虚飾をかなぐりすてた、赤裸々な自己を表白している。かれがこのような形で、自己表白を始めたのは、『人間失格』と前後して発表した「如是我聞」からである。この二つの作品は「如是我聞」はエッセイ、『人間失格』は小説と、形の上でのちがいはあるが、ともに死の直前の太宰がこころみた、俗悪な物すべてへの、身を賭《と》しての挑戦の記録である。

『人間失格』は大庭葉蔵の手記三編（「第一の手記」「第二の手記」「第三の手記」）と、「はしがき」及び「あとがき」から成る長編小説である。

東北の旧家に生まれた主人公の大庭葉蔵は、人間に対しどこまでも真実の愛と信頼とを求めようとして、

そのために人間社会から葬られ、二十七歳にして

「人間、失格。

もはや、自分は、完全に、人間で無くなりました。」

と記さなければならない状態に追いこまれている。葉蔵の記した三つの手記は、自らの「完全に、人間で無く」なっていく過程の記録であるが、それはそのまま、若くして「人間で無くなっ」てしまった、太宰の前半生の精神の自叙伝である。

上京した葉蔵が得た唯一の友人堀木は、放蕩の中で「そのお道化の悲惨さに全く気がついてゐない」男であり、葉蔵の同棲先に来て、金をかりたあげく

「お前の、女道楽もこのへんでよすんだね。これ以上は、世間が、ゆるさないからな」

という男である。太宰は、ここでは堀木を、みにくいエゴイズムと世俗的な常識性の持ち主として設定し、俗悪な人間の典型として描いている。葉蔵の知人のヒラメも堀木と同様な俗物である。この堀木やヒラメを信用していたために精神病院に入れられてしまった葉蔵はいう。

「神に問ふ。無抵抗は罪なりや。」

また、人を疑うことを知らなかったため、犯され、不幸のどん底につきおとされてしまった妻のヨシ子の傍で葉蔵は、なぜ美しいもの、純粋なものは罰を受けなければならないのか、と問いつづける。

「無垢の信頼心は罪なりや。」

「神に問ふ。信頼は、罪なりや。」

葉蔵のこの問いには、太宰の全生涯がかかっている。このことばはすでに死期の迫ったことを自覚していた太宰の、「真実」をつぎつぎとふみにじり、そしらぬ顔をしている俗悪な社会への、最後の抗議である。しかし、葉蔵のこのような必死の抗議は、あくまでも不毛である。最後に葉蔵は

「いまは自分には、幸福も不幸もありません。

ただ、一さいは過ぎて行きます。

自分がいままで阿鼻叫喚で生きて来た所謂「人間」の世界に於いて、たった一つ、真理らしく思はれたのは、それだけでした。

ただ、一さいは過ぎて行きます。」

という世界に到達する。ここに明らかなように、葉蔵の生涯は、文字通りの敗北の生涯であった。

『人間失格』は、「人間の営みから」完全に疎外されてしまった人間の受難の記録である。太宰はここで、受難者葉蔵の肖像を描くことによって、人間存在の本質を解明しようとしたのである。この『人間失格』を評論家の奥野健男はつぎのように評している。

「ぼくは日本において、人間の存在の本質を、ここまで追いつめた作品を、ほかに知りません。太宰の他の傑作、「晩年」や「新ハムレット」や「お伽草紙」や「斜陽」までが忘れられても、この「人間失格」だけは、いつまでも人々に読み返され、残る作品だと確信しています。」(『太宰治論』)

年譜

一九〇九年（明治四二）六月十九日、青森県北津軽郡金木村（現、金木町）に、父源右衛門、母夕子の六男として生まれた。戸籍名津島修治。生家は青森きっての大地主であった。

＊耽美、享楽主義文芸台頭す。

一九一六年（大正五）**七歳**　金木第一尋常小学校に入学。

＊デモクラシーの論議さかん。

一九二二年（大正一一）**十三歳**　三月、小学校を卒業。四月、明治高等小学校に入学。

＊有島武郎、北海道の農場を解放。

一九二三年（大正一二）**十四歳**　三月四日、父源右衛門死去。四月、青森県立青森中学校に入学。

＊関東大震災。「日輪」横光利一。

一九二五年（大正一四）**十六歳**　同人雑誌『星座』を発行。十一月、弟礼治らと『蜃気楼』を創刊し、編集に奔走する。

＊治安維持法、普通選挙法公布。

一九二七年（昭和二）**十八歳**　中学四年修了で、弘前高等学校文科に入学。泉鏡花、芥川龍之介の文学に傾倒、義太夫にも凝る。秋、青森で芸妓小山初代を知る。

＊プロレタリア文学、文壇を圧す。

一九二八年（昭和三）**十九歳**　同人雑誌『細胞文芸』を創刊し、辻島衆二の筆名で「無間奈落」ほかを発表。十二月弘前高校新聞雑誌部委員に任命され、『校友会誌』には本名で「此の夫婦」を発表した。この頃から井伏鱒二の指導をうけはじめる。

＊三・一五事件おこる。

一九二九年（昭和四）**二十歳**　二月、同盟休校。五月、「哀蚊」を小菅銀吉の筆名で『弘高新聞』に発表。十二月、カルモチン自殺をはかる。

＊四・一六事件おこる。「夜明け前」島崎藤村、「蟹工船」小林多喜二

一九三〇年（昭和五）**二十一歳**　同人雑誌『座標』に「地主一代」を発表。四月、東京帝国大学仏文科に入学し、戸塚諏訪町に下宿。井伏鱒二を訪問する。また、このころから左翼運動に関係。十一月、銀座のバーの女給と鎌倉で投身、女給は死亡。このため自殺幇助罪に問われたが起訴猶予となる。

*「機械」横光利一、「聖家族」堀辰雄

一九三一年（昭和六）**二十二歳**　小山初代と五反田に住む。以後、転居を重ねながら左翼運動に従う。また朱麟堂と号し、俳句にも凝る。

*満洲事変おこる。大衆文学流行す。

一九三二年（昭和七）**二十三歳**　七月、青森警察に出頭。取調べの後、初代とともに静浦に行き、「思ひ出」の執筆を始める。

*上海事変、五・一五事件おこる。

一九三三年（昭和八）**二十四歳**　二月、太宰治の筆名で『サンデー東奥』に「列車」を発表。三月、同人雑誌『海豹』に加わり、同誌に「魚服記」「思ひ出」を発表、檀一雄を知る。

*日本、国際連盟を脱退。プロレタリア文学が衰え、「文芸復興」が叫ばれる。

一九三四年（昭和九）**二十五歳**　四月、『鷭』に「葉」を発表。十二月、同人雑誌『青い花』を創刊し「ロマネスク」を発表。

*行動主義、転向文学さかんになる。

一九三五年（昭和一〇）**二十六歳**　三月、都新聞社の入社試験に失敗、鎌倉で縊死をはかる。四月、盲腸炎から腹膜炎を併発、パビナールを用い、中毒になる。五月、「道化の華」を『日本浪曼派』に発表。七月、千葉船橋に移転。八月、芥川賞候補に推されたが次席となる。十月、「ダス・ゲマイネ」を『文芸春秋』に発表。この年、佐藤春夫を知り、以後、師事するようになる。また、田中英光との文通も始まる。

*芥川賞、直木賞設定される。

一九三六年（昭和一一）**二十七歳**　二月、パビナール中毒のため入院したが、ほぼ十日で退院。六月、処女創作集『晩年』を刊行。八月、療養のため谷川温泉に行き、十月から十一月にかけて入院生活を送り、パビナール中毒は完治した。

*二・二六事件おこる。日独防共協定調印。

一九三七年（昭和一二）**二十八歳**　一月、「二十世紀旗手」を『改造』に発表。三月、初代と水上温泉に行き心中をはかって失敗。四月、「HUMAN LOST」を『新潮』に発表。六月、『虚構の彷徨、ダス・ゲマイネ』を刊行、天沼一丁目鎌滝方に移転する。

*日華事変おこる。「雪国」川端康成。

一九三八年（昭和一三）**二十九歳**　十月、「姥捨」を『新潮』に発表。甲府御坂峠に行き、十一月、石原美知子と婚約。

＊文学者の従軍さかん。戦争文学流行す。

一九三九年（昭和一四）**三十歳**　一月、井伏宅で結婚式をあげ、甲府市御崎町に新居を構えた。二月、「富嶽百景」を『文体』に発表。四月、『国民新聞』の短編コンクールに「黄金風景」が当選。七月、短編集『女生徒』を砂子屋書房から刊行。九月、府下三鷹村（現、三鷹市）下連雀に転居。

＊第二次大戦勃発。国策文学氾濫す。

一九四〇年（昭和一五）**三十一歳**　五月、「走れメロス」を『新潮』に発表。六月、『女の決闘』を刊行。七月、伊豆湯ケ野に滞在して「東京八景」を書き、帰途、井伏鱒二らと水害に会う。十一月、佐渡に遊ぶ。

＊日独伊三国同盟成立。大政翼賛会発足。

一九四一年（昭和一六）**三十二歳**　一月、「東京八景」を『文学界』に発表。六月、長女園子誕生。七月、長編『新ハムレット』を刊行。八月、十年ぶりに津軽に帰る。十一月、文士徴用を受けたが、胸部疾患を理由に徴用免除となる。

＊太平洋戦争勃発。「菜穂子」堀辰雄。

一九四二年（昭和一七）**三十三歳**　六月、長編『正義と微笑』を刊行。十月、『文芸』に発表した「花火」が全文削除となる。十二月十日、母夕子死去。

＊本土空襲始まる。日本文学報国会発足。

一九四三年（昭和一八）**三十四歳**　一月、法要のため妻子とともに津軽に帰る。九月、長編『右大臣実朝』を刊行。

＊学徒動員始まる。

一九四四年（昭和一九）**三十五歳**　五月、「津軽」執筆のため津軽を旅行、七月、「津軽」を完成。十二月、「惜別」執筆のため仙台に調査旅行をする。

＊疎開命令が出される。

一九四五年（昭和二〇）**三十六歳**　一月、『新釈諸国噺』を刊行。三月、妻子を甲府に疎開させ、七月には家族とともに津軽に向かう。九月、『惜別』、十月、『お伽草紙』を刊行。

＊第二次世界大戦終わる。

一九四六年（昭和二一）**三十七歳**　六月、「冬の花火」を『展望』に、四月、「十五年間」を『文化展望』に発表。十一月、家族とともに三鷹の旧居に帰る。

＊日本国憲法公布。民主主義文学おこる。

一九四七年（昭和二二）**三十八歳**　二月、神奈川県下曽我に太田静子を訪ね、その後、伊豆の三津浜に向かい、「斜陽」の執筆を始める。三月、「ヴィヨンの妻」を『展望』に発表。十二月、『斜陽』を刊行。
＊六三制教育実施。肉体文学流行す。

一九四八年（昭和二三）三月、『新潮』に「如是我聞」の連載を始め、四月、「人間失格」を完成。五月から「グッド・バイ」の執筆を開始。六月十三日の夜半、山崎富栄と玉川上水に入水、同十九日、死体発見。二十一日告別式が行なわれ、七月十八日、三鷹市下連雀の禅林寺に埋葬された。享年三十八歳。
＊文学者の平和運動さかん。

参考文献

愛は死と共に　山崎富栄　石狩書房　昭23・9
太宰と芥川　福田恒存　新潮社　昭23・10
斜陽日記　太田静子　石狩書房　昭23・10
小説太宰治　檀一雄　六興出版　昭24・11
太宰治（日本文学アルバム15）　小山清編　筑摩書房　昭30・10
太宰治論　奥野健男　近代生活社　昭31・2
太宰治研究（決定版太宰治全集別巻）　小山清編　筑摩書房　昭31・6
太宰治研究（作家研究叢書）　亀井勝一郎編　新潮社　昭31・10
太宰治読本（文芸・臨時増刊）　河出書房　昭31・12
太宰治とその生涯　三枝康高　現代社　昭33・9
太宰治（近代文学鑑賞講座第19巻）　亀井勝一郎編　角川書店　昭34・5
郷愁の太宰治　別所直樹　白虹荘　昭36・1
太宰治をどう読むか　小野正文　弘文堂　昭37・2
人間太宰治　山岸外史　筑摩書房　昭37・10
太宰治研究（定本太宰治全集別巻）　奥野健男編　筑摩書房　昭38・8
太宰治論　佐古純一郎　審美社　昭38・12
太宰治の人と作品　臼井吉見編　学習研究社　昭39・7
無頼派の祈り　亀井勝一郎　審美社　昭39・8
太宰治その人と　長尾良　林書店　昭40・6
二人の友　小山清　審美社　昭40・7

さくいん

〔作品〕

〔人名〕

—完—

太宰《だざい》　治《おさむ》■人と作品　　定価はカバーに表示

1966年３月15日　第１刷発行Ⓒ
2016年８月30日　新装版第１刷発行Ⓒ
2017年１月20日　新装版第２刷発行

・著　者　…………………………福田清人《ふくだきよと》／板垣《いたがき》　信《しん》
・発行者　…………………………………渡部　哲治
・印刷所　……………………法規書籍印刷株式会社
・発行所　…………………………株式会社　清水書院

〒102-0072　東京都千代田区飯田橋3-11-6
Tel・03(5213)7151～7
振替口座・00130-3-5283
http://www.shimizushoin.co.jp

検印省略
落丁本・乱丁本はおとりかえします。

CenturyBooks

Printed in Japan
ISBN978-4-389-40101-6

CenturyBooks

清水書院の〝センチュリーブックス〟発刊のことば

近年の科学技術の発達は、まことに目覚ましいものがあります。月世界への旅行も、近い将来のこととして、夢ではなくなりました。しかし、一方、人間性は疎外され、文化も、商品化されようとしていることも、否定できません。

いま、人間性の回復をはかり、先人の遺した偉大な文化を継承して、高貴な精神の城を守り、明日への創造に資することは、今世紀に生きる私たちの、重大な責務であると信じます。

私たちがここに、「センチュリーブックス」を刊行いたしますのは、人間形成期にある学生・生徒の諸君、職場にある若い世代に精神の糧を提供し、この責任の一端を果たしたいためであります。

ここに読者諸氏の豊かな人間性を讃えつつご愛読を願います。

一九六七年

清水梼山

SHIMIZU SHOIN